U0124072

PROMOTIONAL TOOL DESIGNS FOR

Retails and Brands

ショップ&ブランドの売るためのツール戦略とデザイン

Promotional Tool Designs for RETAILS & BRANDS
PIE International Inc.
2-32-4 Minami-Otsuka, Toshima-ku, Tokyo 170-0005 JAPAN
sales@pie.co.jp

ISBN978-4-7562-4163-4
Printed in Japan

はじめに

消費者を満足させる商品とは、どのようなものだろうか？
それは、実用性や機能性に加えて、その商品を購入した満足感を
充分に味わうことができる商品だといえる。
商品の魅力を作り出すのには、それを包むパッケージやイメージを伝える
ポスター・カタログなど、商品をとりまく全てのものが大きな役割を果たしている。

本書は、商品をとりまくイメージビジュアルやツールを生かして、
商品の魅力を充分に表現している作品を紹介している。
老舗の和菓子を新しくモダンなイメージに変身させた「あおざしからり」や「祇園辻利」の
パッケージ。商品のコンセプトをビジュアルやツールにうまくリンクさせた、
ロイズ チョコレートワールドやファイヤーワークスなど、商品をとりまくツール類によって、
その魅力は何倍にもふくらます事ができる。

競争が激化する中でたくさんの商品の中から選んでもらえるような、
ビジュアル戦略とツール作りの参考にしていただければ幸いである。
最後に、本書制作にあたりご協力いただいた多くの出品者の方々と
クライアントの皆様に、この場をかりてお礼を申し上げたい。

パイ インターナショナル編集部

フード

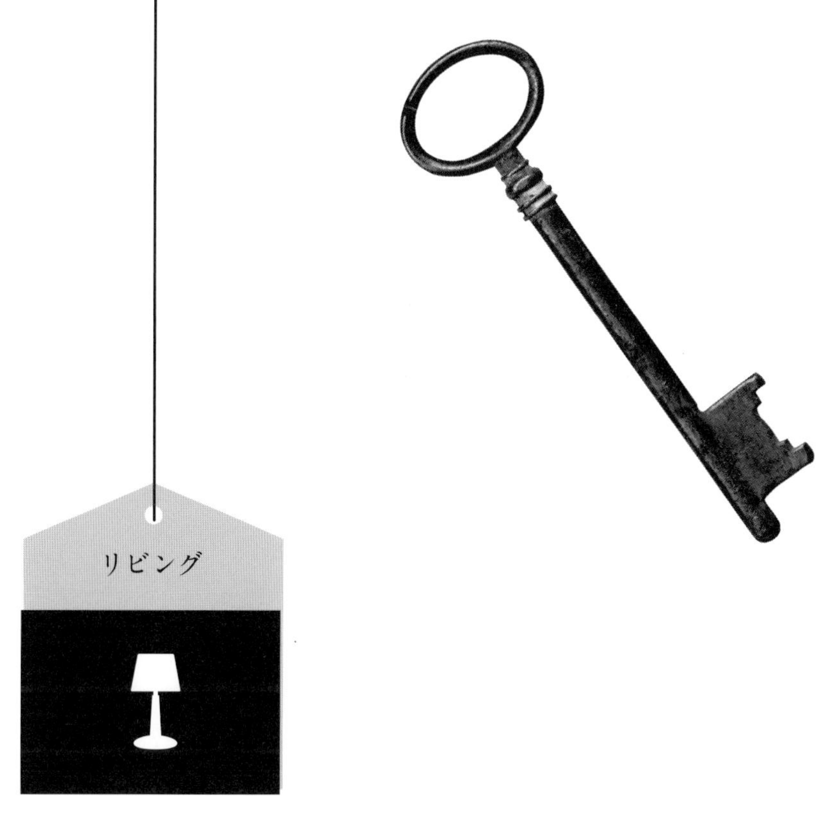
リビング

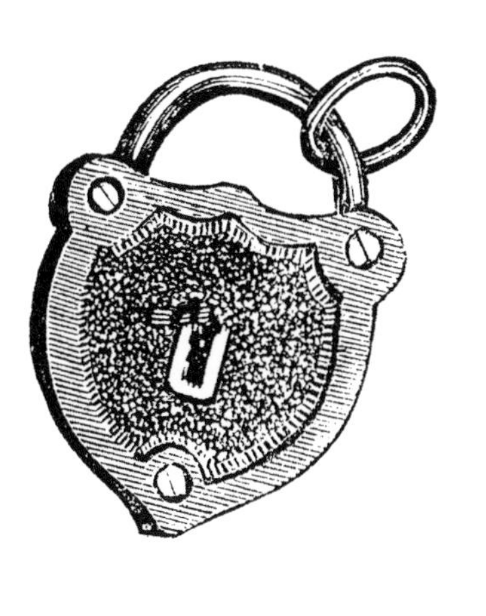

ファッション

サービス

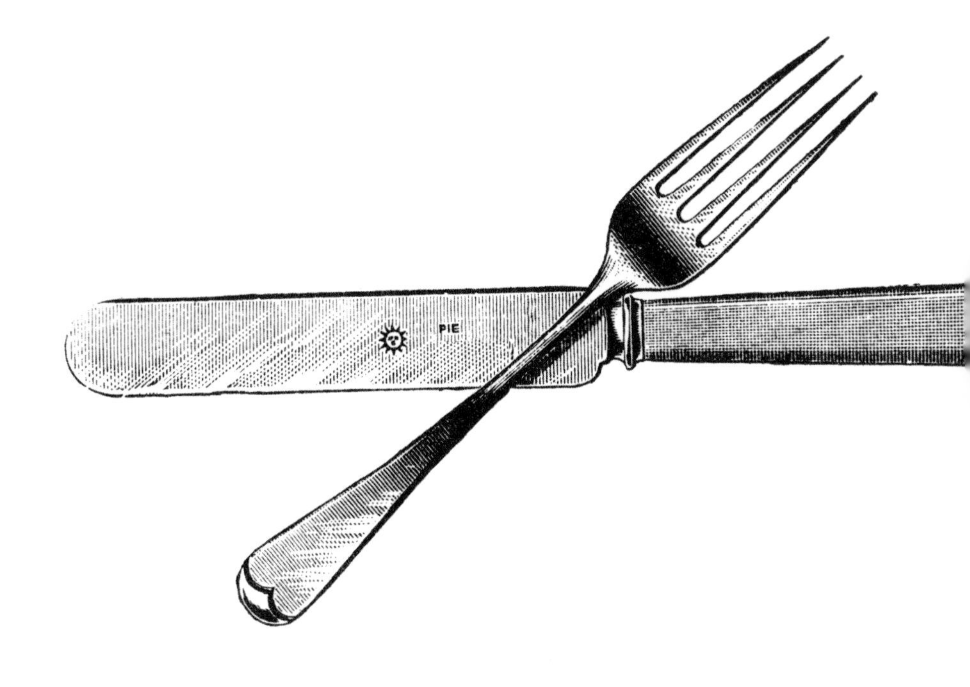
PIE

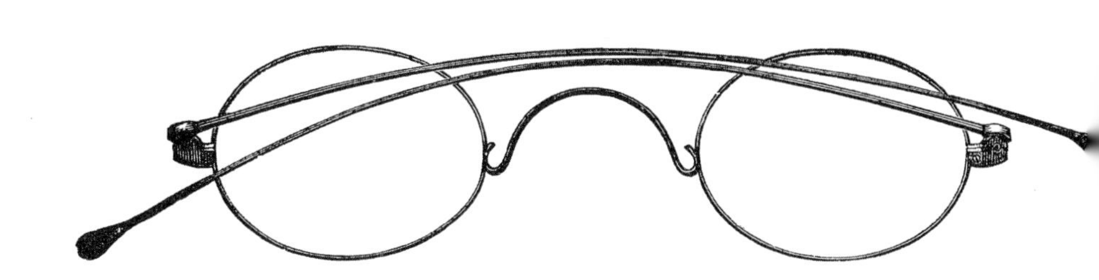

エディトリアルノート

■ 制作コンセプトと作品解説

■ ブランド・商品名 / 業種

■ 制作スタッフ

CL	: Client	クライアント
CD	: Creative Director	クリエイティブ・ディレクター
AD	: Art Director	アート・ディレクター
CW	: Copy Writer	コピー・ライター
D	: Designer	デザイナー
I	: Illustrator	イラストレーター
P	: Photographer	フォトグラファー
A	: Agency	代理店
DF	: Design Firm	デザイン会社
S	: Submitter	作品提供者

Food

サーカスを観たときのワクワク感を パッケージデザインに追求

DESSERTCIRKUS デザートサーカス
洋菓子製造販売　Confectionery Production, Sale

CL：アイビー　CD：藤原祐介　D：吉田友里加　P：田中康裕　DF, S：ヘルメス

Concept
デンマーク発のチョコレート洋菓子ブランド、「デザートサーカス」。デンマーク王室のデザートシェフ、モーテン・ヘイバーグ氏によるパティスリーとして人気を呼んでいる。ブランドコンセプトが「keep it simple（いつもシンプルでいこう）」であることから、ツールデザインも、「Happiness（幸せ）」「Fun（愉しみ）」「Hygge（デンマーク語でくつろぎ・あたたかさ）」をベースにして構築。ブランド名のとおり、サーカスを観たときに感じるワクワク感やドキドキ感、あっという驚きを伝えられるよう心がけた。パッケージすべてにサーカスのイラストを配し、箱の内側にもちりばめ、空になったとき時の意外性をプラス。ロゴやイラストはカラフルな多色使いにし、ヘイバーグ氏のサインをスミ文字で重ね、ひとつのビジュアルとして完成させた。

ボンボンクッキーパッケージ

26

※上記以外の制作者呼称は省略せずに掲載しています。
※作品提供者の意向によりデータの一部を記載していない場合があります。
※各企業名に付随する、"株式会社、(株)" および "有限会社、(有)" は表記を省略させていただきました。
※本書に記載された企業名・商品名は、掲載各社の商標または登録商標です。

Food
フード

チョコレートの多様さ、楽しさを伝えるためカラフルな色でアピール

ロイズ チョコレートワールド

チョコレート・菓子製造販売
Chocolate, Confectionery Production, Sale

CL, S：ロイズコンフェクト

Concept

世界中の厳選された素材で、オリジナリティあふれるおいしいチョコレートやお菓子を提供したい。その企業理念を受け継ぎながらも、これまでのイメージとは異なる新しいコンセプトの施設「ロイズ チョコレートワールド」が北海道・新千歳空港内にオープンした。チョコレートファクトリーやミュージアムのほか、オリジナル商品が約200点揃うショップも併設している。子どもはもちろん、大人まで楽しめる世界を表現するため、ショップツールにはカラフルな色を使い、楽しさや可愛らしさをアピール。ショッピングバッグやギフトボックスは多色使いにし、ロゴはシンプルに配置。様々なチョコを楽しめる多様性を訴求した。さらにその世界観を反映したリーフレットを作成し、知名度アップにつなげている。

▶ チョコレートのスティックもカラフルに。施設内のカラーと統一感を持たせた。

▶ ロイズ チョコレートワールド

▲◀ ショッピングバッグは「とろけるチョコレート」をモチーフに、ポップな色使いで構成。ロゴとの統一感と、楽しさが感じられる。

シール

▼ 和の素材を使った、ケーキや焼き菓子は、和の落ちついたテイストとロイズチョコレートワールドのポップなイメージを融合させたデザイン。

リーフレット

▼ ミュージアムの装飾などにも、チョコレートのモチーフを取り入れた。

ボルドー色で上品に仕上げ
フランスのパティスリーを思わせる

noix de beurre ノワ・ドゥ・ブール

洋菓子製造販売　Confectionery Production, Sale

CL, S：エーデルワイス　AD：堀口秀司　D：深田有希子　DF：ネイムス

Concept

焼きたてのフィナンシェやフレッシュクリームのケーキなど、作りたての味や旬の味を提供する洋菓子ブランド。全体のブランドイメージはフランスの田舎町に佇む、パティシエたちがひっそりと営む隠れ家のような一軒家のパティスリーだ。このイメージをショップツールにも反映するため、上品で大人っぽいボルドー色をメインカラーに採用。クラシカルなイラストや書体を取り入れ、メインターゲットである女性が好みそうな可愛さを感じさせると同時に、正統派の品格をデザインに求めた。パッケージ容器には紙箱の他、軽くて丈夫なバニエを使用。ラベルは白地にボルドー一色でイラストや文字印刷、同色のひもで結ぶ形に。内側に敷いたペーパーも同様のイメージでデザイン、統一感を図った。

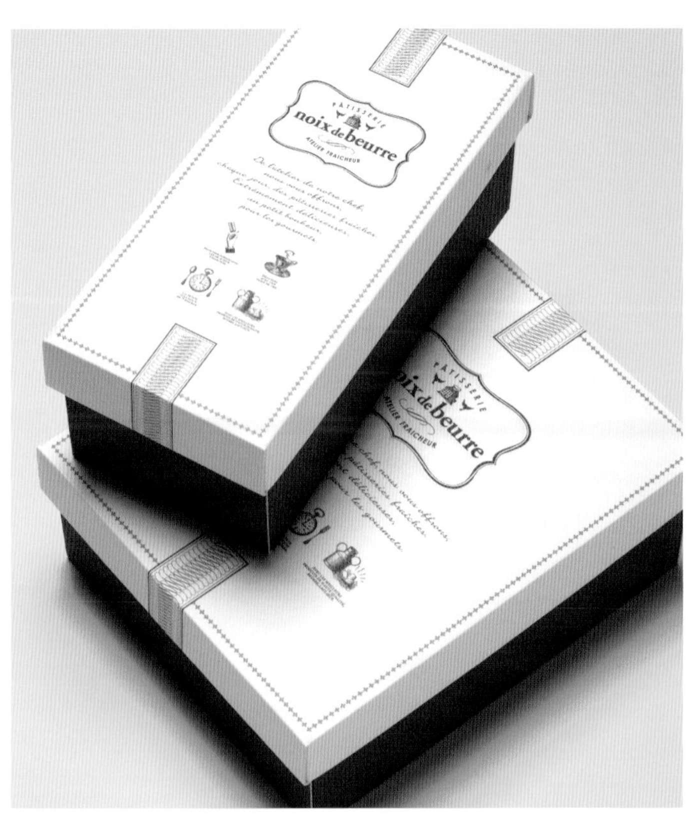

ケーキ・焼き菓子用ボックス

ギフトボックス

リーフレット

▶ リーフレットやしおりも
ボルドー色で統一した。
読みやすさを考えて、シ
ンプルなデザインに。

商品しおり

ショッピングバッグ

ペーパーバッグ

白黒のシンプルなデザインで商品とのコントラストを図る

MÄRCT SWEETS DESIGN MARKET

マルクト スイーツデザインマーケット

洋菓子製造販売　Confectionery Production, Sale

CL：エーデルワイス　AD：堀口秀司　D：田中裕子／深田有希子／山本 彩　DF, S：ネイムス

Concept

マーケットのように、自分で商品を選んでレジに持っていくという、セルフスタイルを取り入れた新しい発想のスイーツ売り場「MÄRKT SWEETS DESIGN MARKET」。その日の気分や用途に合わせて選べる、新しい洋菓子店として2010年12月にオープンした。焼き菓子を始め、生ケーキやドーナツなど、アイテムの多さやスイーツの華やかさを引き立てるため、ロゴはスミ文字のみのシンプルなゴシック体で制作。それに伴い、店舗デザイン、ショッピングバッグやマグカップなどのショップツールは白と黒を基調にしてグラフィック化。ツールを極力シンプルに仕上げることで、商品との相乗効果を狙った。また、シーズンキャンペーンなどの際には、キャラクターを登場させるなど、賑やかなイメージを演出している。

セレクトボックス

パティスクリーム

▶ MÄRCT SWEETS DESIGN MARKET

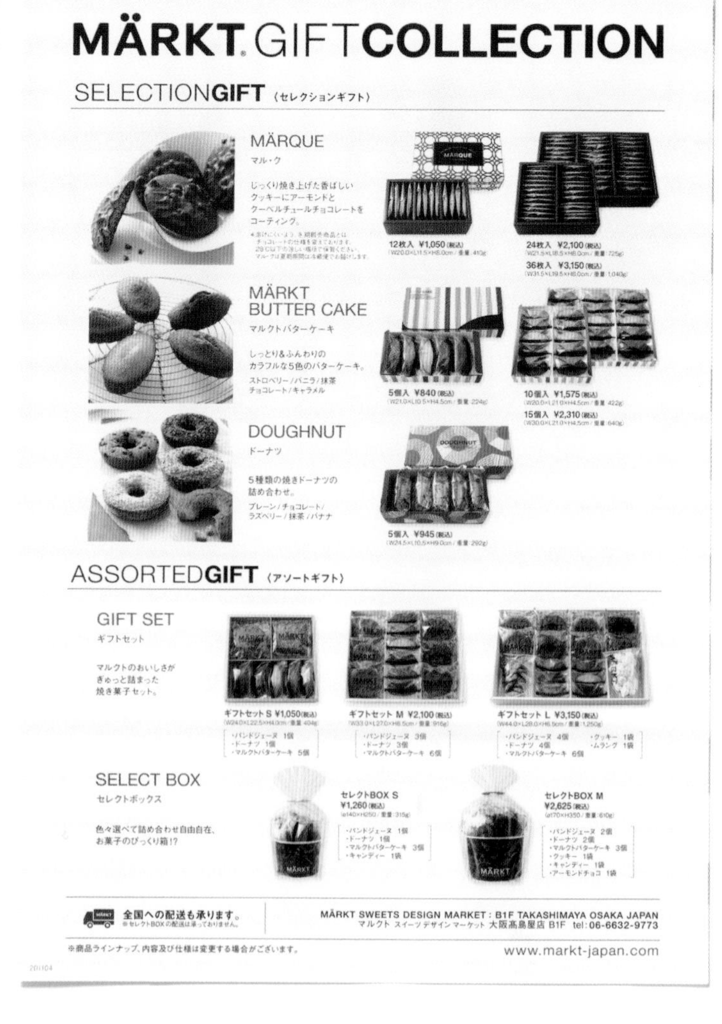

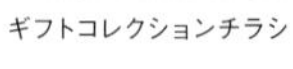
ギフトコレクションチラシ

▶ ロゴとイラストを全面に用い、おしゃれな印象に。

オリジナルバッグ

マグカップ

ドーナツなどのパッケージは、各商品のイメージをキャラクターづけるグラフィックに。

すべてのパッケージに
世界中の果樹園のイメージを反映

Caju カジュ

洋菓子販売　Sweets Shop

CL, S：アッシュ・セー・クレアシオン　DF：ルリコプランニング

Concept

「カジュ」は果樹園と食卓をつなぐフルーツデザート専門店。世界中のフルーツが集まる果樹園の樹々をかき分けて、実った果実を収穫する。その大切に育てられた果実がパティシエの技でスイーツとして生まれ変わる。そのコンセプトをパッケージでも伝えるため、すべてのパッケージには樹々をあしらい、箱をあけると旬の果実を生かしたスイーツが現れる、それはまるで果樹園からの贈り物を手にしたよう。「Caju」のアルファベットロゴはロートアイアン（鍛鉄）でかたどったようなイメージで作られた。デジタルで描く線ではなく、熱した鉄を何度もたたくことによって形づくられていく工程を、職人がひとつひとつ時間をかけて「カジュ」のフルーツデザートを丁寧に作り上げていくイメージに重ね、ロゴからもブランドのメッセージを伝えられるよう制作。

▲ アースカラーを使用し、おいしさ、高級感の伝わるカラーリングにした。

商品を生かすカラーリングと形状を心がけ、数種類のタイプが揃う。

シール

カタログ

Food

キュートでカラフルな ギフトパッケージで楽しさをプラス

彩果の宝石

洋菓子販売　Sweets Shop

CL, S：トミゼンフーヅ

Concept

柑橘類の皮からとれるペクチンを利用したフルーツゼリーを販売する「彩果の宝石」。ギフト用の商品パッケージは、商品の味や組み合わせによって多彩に展開され、贈答用はもちろん、自分用にパッケージ買いをしたくなるようなデザインが並ぶ。小さなバッグに宝石を詰め込んだ…そんなイメージで制作した紙のバッグ。小さな色とりどりのバッグを開けると様々な味や形のゼリーが登場するお楽しみ感を演出。フルーツのイラストをシンプルに描いた缶には、イチゴ、さくらんぼ、シークワーサーそれぞれの味のゼリーを入れた。また、カラフルな筒状の缶には柑橘缶、ベリー缶、トロピカル缶、果実缶の名前がつけられ、色からその味をイメージさせる配色となっている。

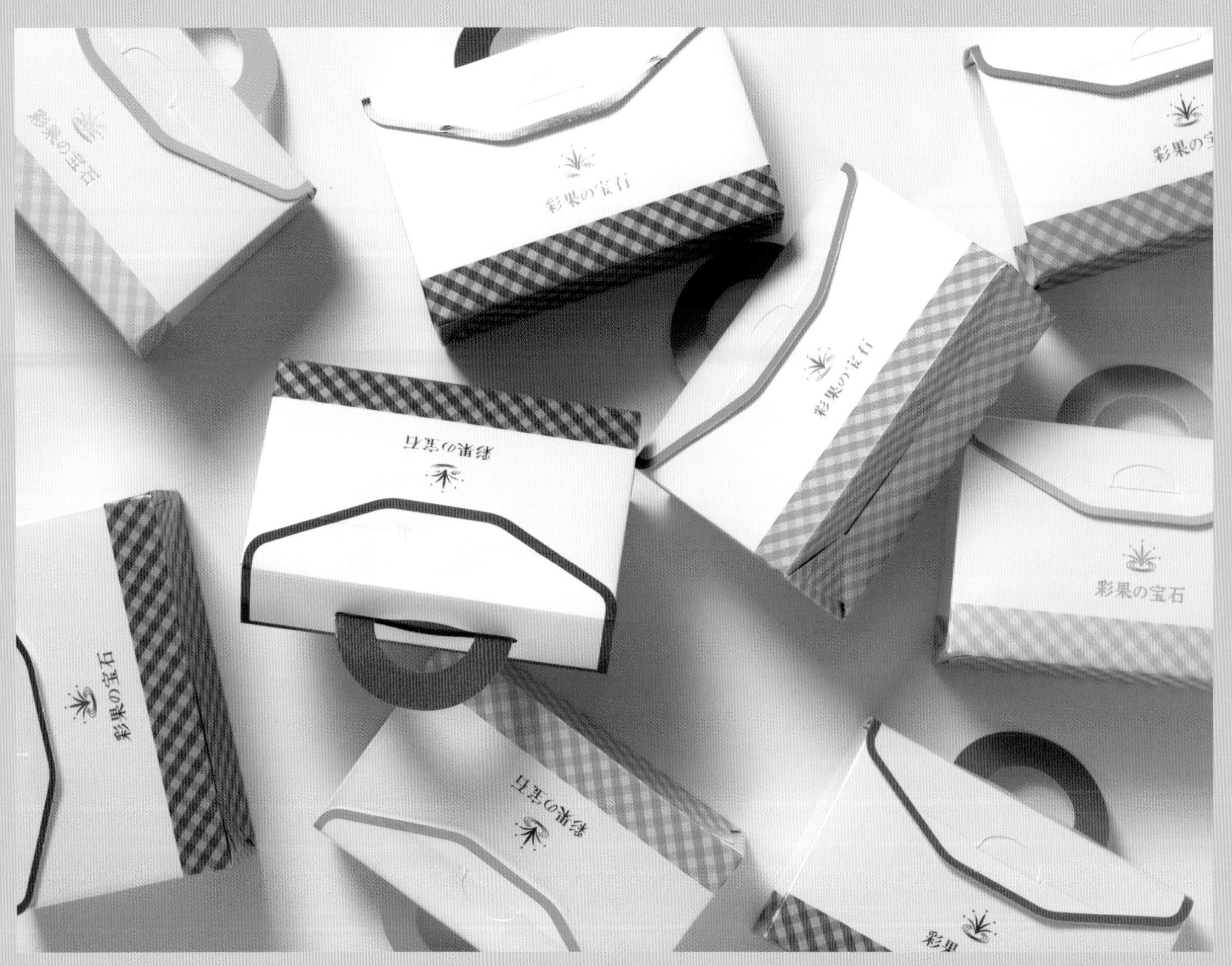

▲ギフトボックス。あらゆる年代に受け入れられるギンガムチェックを用いてかわいらしさをアピール。

カタログ

▲ 一粒ずつが大切な宝石という
イメージを伝えるように制作。

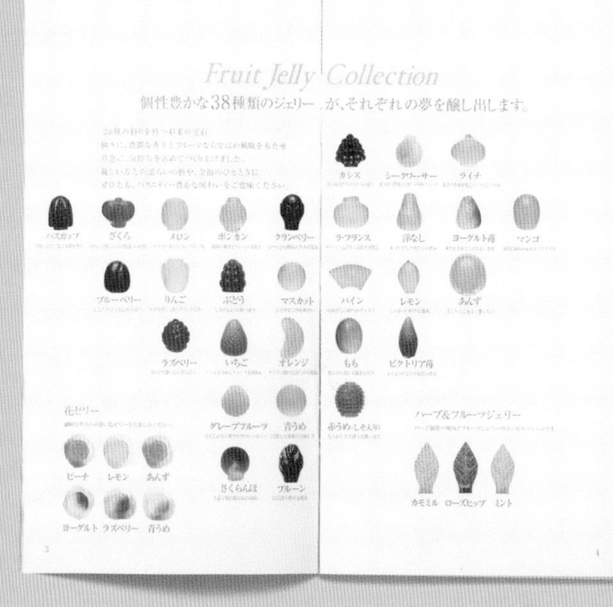

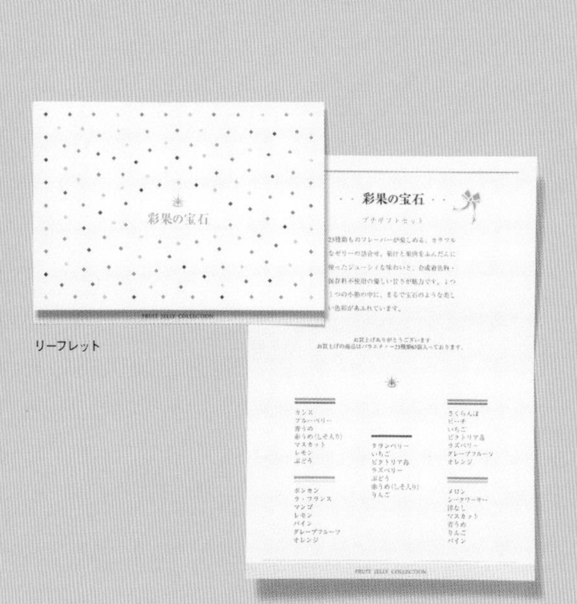

リーフレット

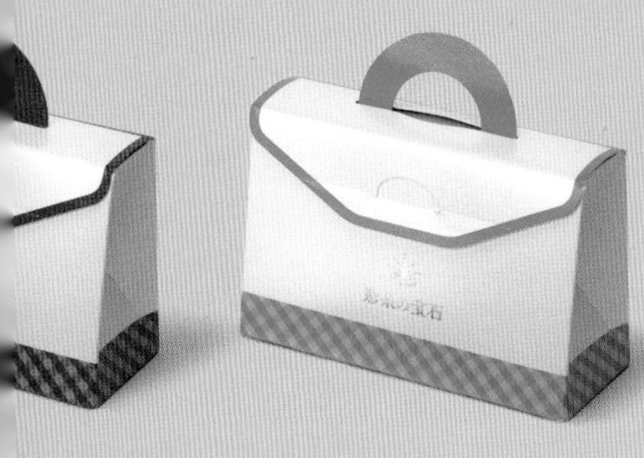

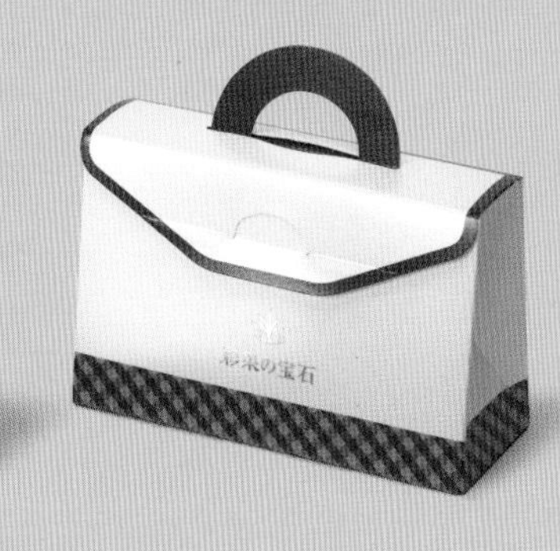

▶彩果の宝石

▲ギフト缶。白地に施されたイチゴのイラストが生きる。側面にも配置し、可愛いらしさをプラス。

◀味と色を連動させ、店頭でも人目を引く鮮やかなカラーリングがポイント。

ギフト缶

店名とクロワッサンが結びつくよう
ロゴやツールをリデザイン

Café CROISSANT カフェクロワッサン

飲食業　Restaurant Business

CL：R&Kフードサービス　CD, AD, D, DF, S：ダブルオーエイト

Concept

「Café CROISSANT」は、店名に「クロワッサン」と入っているが、ロゴにクロワッサンのモチーフが入っていないという現実から、店名と商品のイメージが一致しないという課題があった。そのため、ロゴマークを始めとしたリデザインが必要に。そこで、ロゴマークに洗練されたクロワッサンのモチーフを使い、メニューもクロワッサンに特化した構成を考案。「Café CROISSANT」＝「クロワッサンが魅力のお店」というイメージを定着させることに尽力する。カラーリングはシンプルにし、モチーフが引き立って見えるように心がけ、ツールにも展開。クロワッサンをまとめて持ち帰れるテイクアウト用のボックスなどを制作し、イメージアップを図った。

▲ 持ち帰りやすいよう、持ち手を長く設計したテイクアウト用ボックス。写真を1色で印刷し、世界観を出す。

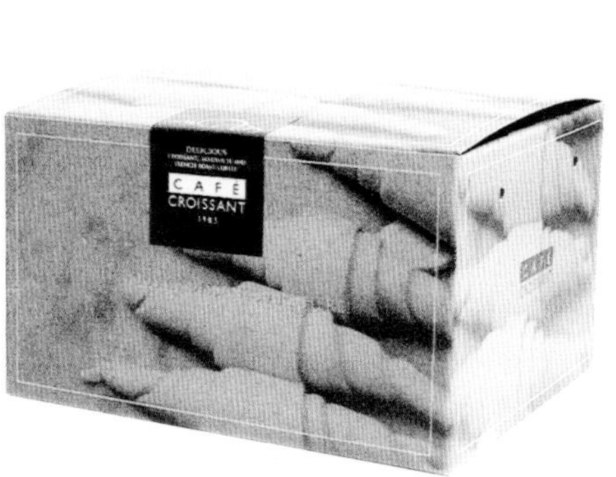

サーカスを観たときのワクワク感を パッケージデザインに追求

DESSERTCIRKUS デザートサーカス

洋菓子製造販売　Confectionery Production, Sale

CL：アイビー　CD：藤原祐介　D：吉田友里加　P：田中康裕　DF, S：ヘルメス

Concept

デンマーク発のチョコレート洋菓子ブランド、「デザートサーカス」。デンマーク王室のデザートシェフ、モーテン・ヘイバーグ氏によるパティスリーとして人気を呼んでいる。ブランドコンセプトが「keep it simple（いつもシンプルでいこう）」であることから、ツールデザインも、「Happiness（幸せ）」「Fun（愉しみ）」「Hygge（デンマーク語でくつろぎ・あたたかさ）」をベースにして構築。ブランド名のとおり、サーカスを観たときに感じるワクワク感やドキドキ感、あっというような驚きを伝えられるよう心がけた。パッケージすべてにサーカスのイラストを配し、箱の内側にもちりばめ、空になったとき時の意外性をプラス。ロゴやイラストはカラフルな多色使いにし、ヘイバーグ氏のサインをスミ文字で重ね、ひとつのビジュアルとして完成させた。

ボンボンクッキーパッケージ

テント型ボックス

東京駅限定ボックス

◀ 食べ終わった後、パッケージから
イラストが登場。おまけのような
楽しさやワクワク感を目指した。

▶ DESSERTCIRKUS

チョコレートバーガーリーフレット

ブランドリーフレット

△ リーフレットはジャバラ式にし、商品の写真を大きく配置。菓子のシズル感を生かしつつ、可愛いらしさを意識。

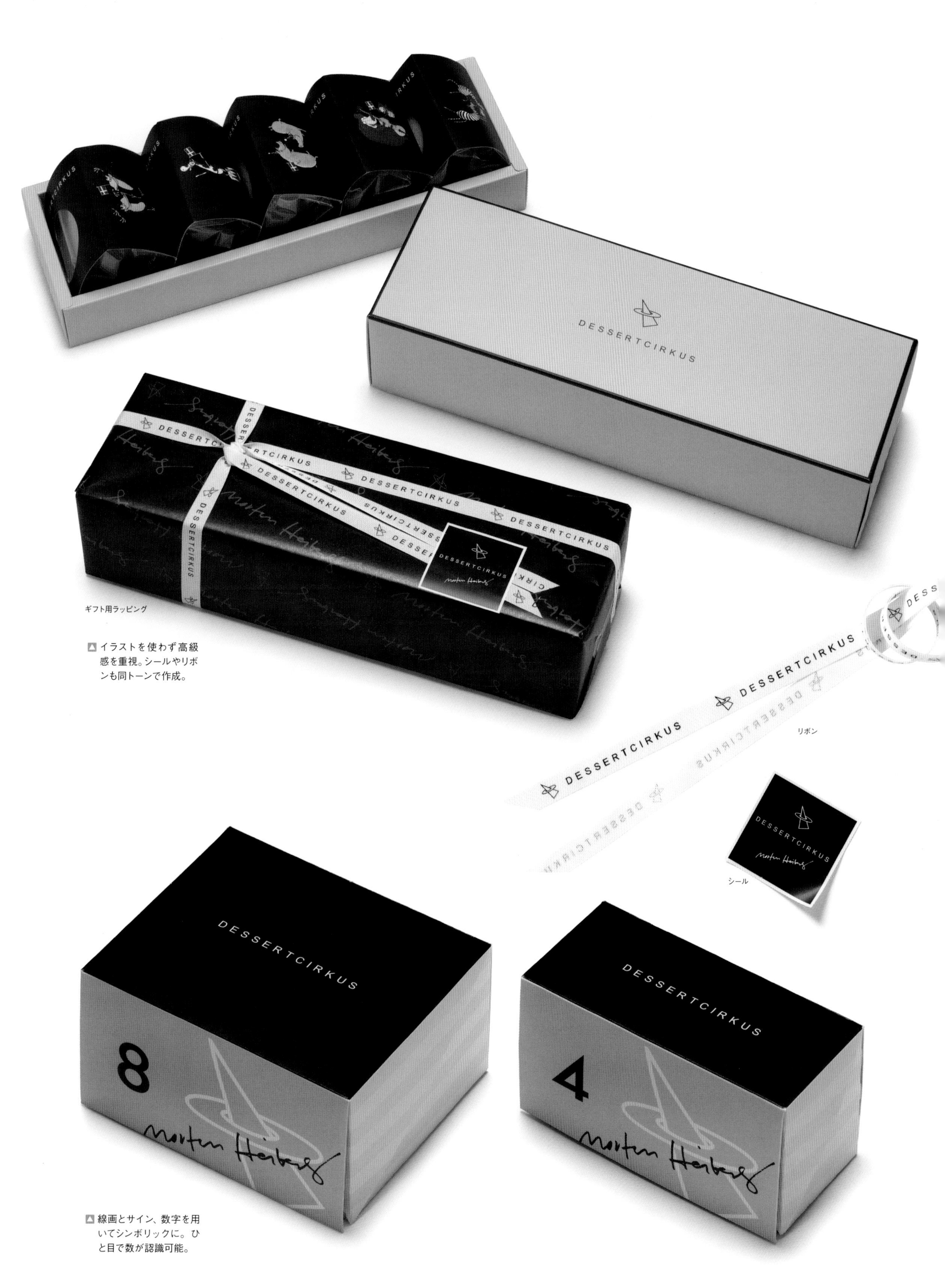

ギフト用ラッピング

イラストを使わず高級感を重視。シールやリボンも同トーンで作成。

リボン

シール

線画とサイン、数字を用いてシンボリックに。ひと目で数が認識可能。

ツールごと色やデザインを変え、おいしさと食べ方を提案

ORENO PAN オレノパン

飲食店　Restaurant

CL：オクムラ　CD：浅田久美　AD：岩橋美穂　D：吹田真貴子
DF, S：モトイデザイン事務所

Concept

自分たちのパン、他にはない唯一のパン。そんな想いをコンセプトにした「オレノパン」。料理やスイーツとの組み合せはもちろん、世界中の味との融合、京都の食材とのコラボレーションなど、様々なアイデアをパン作りに反映。手作りパンの他、ビーフカレーなども販売している。ギフトケースのパッケージは濃茶をベースにし、ベージュのロゴでシックなカラーリングを実現。ショッピングバッグは白にロゴを入れただけのシンプルな作りに。ビーフカレーのパッケージはレトロな雰囲気のロゴで構成し、箱に入れて進物にも使えるように工夫。また、パンをもっとおいしく食べてもらいたいという想いから、リーフレットではおいしい食べ方を提案。温かみのあるイラストで、わかりやすくパンの魅力を表した。

▲ ギフトケースには再生紙を利用。包装紙を使わずエコを意識してデザイン。リボンを結んだような図柄に。

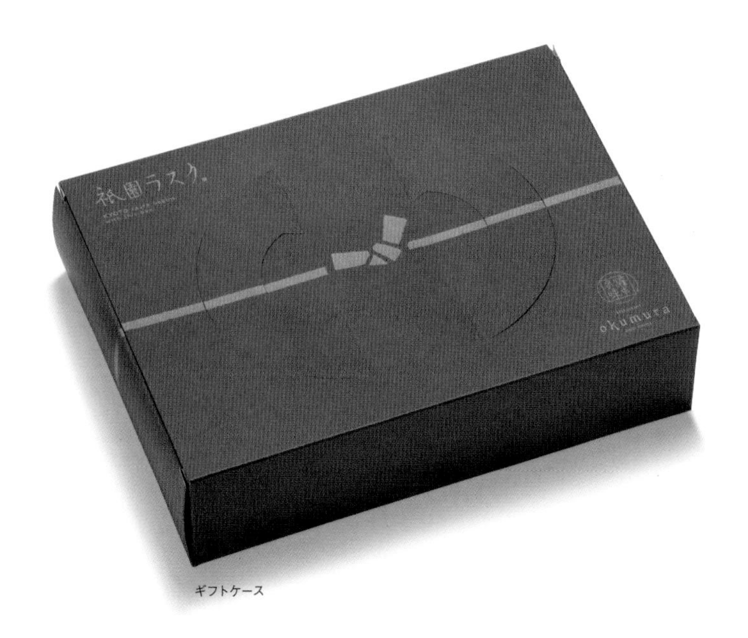

ギフトケース

カレー用
ギフトボックス

懐紙で包み、スペシャル感を持たせたビーフカレー。落款を押したように見せ高級感を。

パンフレット

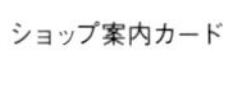

ショップ案内カード

ポイントカード

「新感覚あめ」をアピールするため 雑貨のような可愛らしさを付加

Ameya Eitaro あめやえいたろう

菓子製造販売　Confectionery Production, Sale

CL：あめやえいたろう　CD, AD, D：岡部 泉　S：イエローデータ

Concept

和菓子老舗店の榮太樓總本舗から、あめ専門店として誕生したあめやえいたろう。その第二号店にあたる銀座店の新商品、「銀座のピュアイチゴあめ」のブランディングだ。テーマは、フルーツの女王ともいえるつややかなイチゴ。イチゴ本来の色と味を損なわずに生かし、見た目も愛らしい新感覚のあめとして生まれた本商品の魅力を、パッケージやリーフレットなどのツールにも反映している。リップスティックのようなパッケージやバッグ状のボックスを開発し、雑貨のような可愛らしさを付加することで、メインターゲットである女性の気持ちをくすぐるデザインを行った。またリーフレットはジャバラ式にし、シンプルな写真とコピーで絵本のような冊子作りを目指した。

▲ リップやスティックキャンディを彷彿とさせる新感覚の「あめ」。パッケージで味の個性を引き立てた。

銀座限定のポーチセット

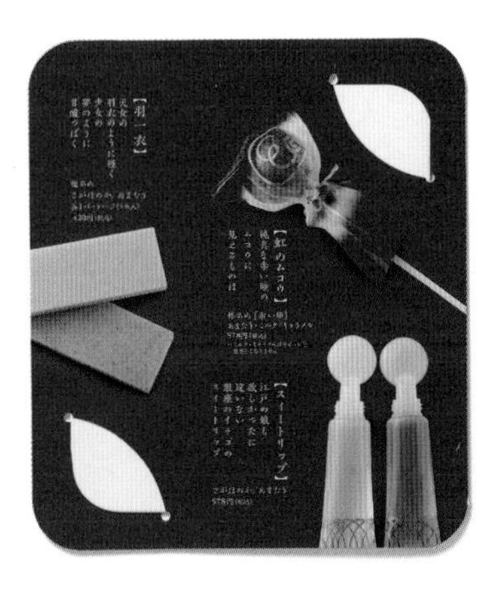

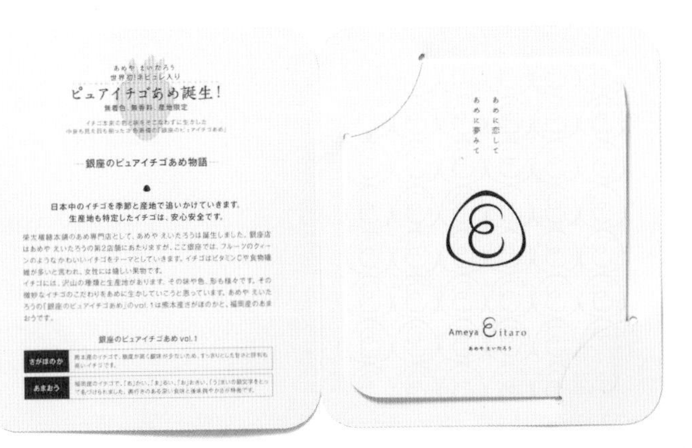

リーフレット

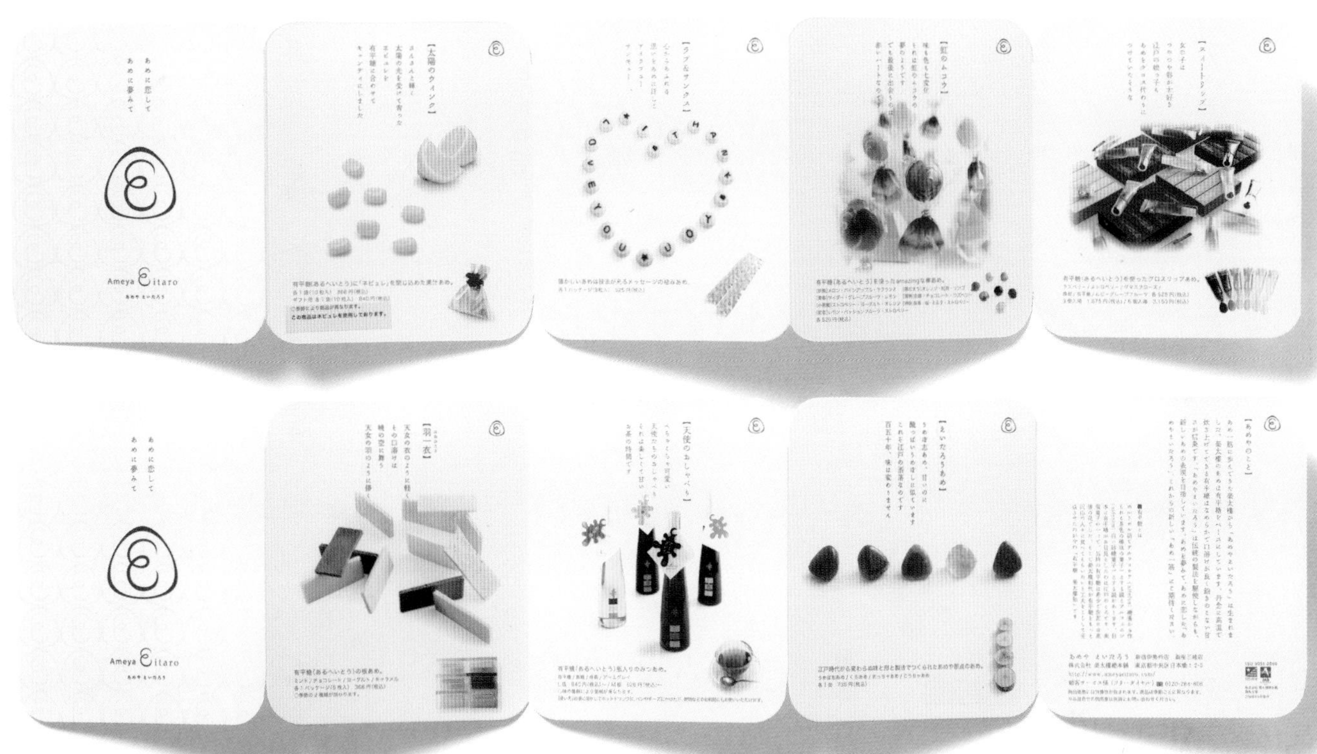

開けると「あめ」が登場。斬新さが売場でも目を引くデザイン。

ギフトボックス

初のオリジナルキャラクターを毎年のキャンペーンの主役に

モロゾフ Morozoff

洋菓子製造販売　Confectionery Production, Sale

CL：モロゾフ CD：玉浦善昭（モロゾフ）/ 前 夕紀(モロゾフ)
AD：リトウリンダ（リビドゥ&リンダグラフィカ）D：妹尾 譲（リビドゥ&リンダグラフィカ）/
吉澤智華（リビドゥ&リンダグラフィカ）P：吉田秀司（ギミックス プロダクション）
I：寺田順三（カムズグラフィックス）　CW：森 千春（ワードワーク）
DF, S：リビドゥ&リンダグラフィカ

Concept

創立80周年にあたり、顧客への感謝を伝えるとともに、プリンを通してたくさんの笑顔を届けたい。そんなクライアントの想いを込めた「スマイルプリンキャンペーン」を実施。ブランディングの一環として、モロゾフ発のオリジナルキャラクター「プリンちゃん」を開発、キャラクターデザインをイラストレーター&絵本作家として活躍中の寺田順三氏に依頼した。全国の店舗で使用するPOPやWEB、プレゼントグッズなどに展開し、毎年顧客に楽しんでもらえるキャンペーンを目指した。メインキャラクターである「プリンちゃん」はひと目でプリンと認識できる黄色とカラメル色をメインカラーに採用、イラストそっくりのプリンの写真を添え、インパクトを狙うとともに、親しみやすく上品な印象に仕上がるよう留意した。

プリンの形状を研究し、カラメルソースの垂れ具合を強調。プリンちゃんの仲間のキャラクターも添えた。

腰看板

強調POP

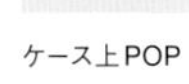

ケース上POP

つりビラ

たすき

ワッペン

店舗でのインパクトを強めるため、ワッペンやたすきなど、店頭ツールを制作。

▶ モロゾフ

△ プリンをお皿に出すとさらにおいしく食べられることを伝えるため、ノベルティグッズを制作。

おうちカフェセット
（ノベルティグッズ）

プリンキャップ
（ノベルティグッズ）

△ プリンのガラス容器を再使用する顧客が多いことから、考案された容器のフタ。

応募ハガキ

応募券＆スクラッチカード

抽選箱

ポストカード
（ノベルティグッズ）

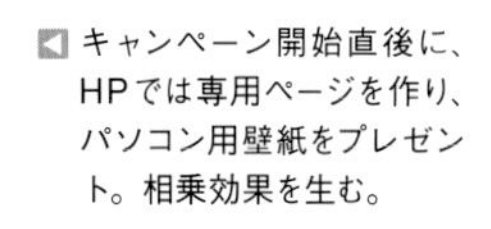
キャンペーン開始直後に、HPでは専用ページを作り、パソコン用壁紙をプレゼント。相乗効果を生む。

パソコン用壁紙

パステルのケーキをモチーフに 手作り感のあるツールを目指す

chaho チャホ

洋菓子店　Confectionery Shop

CL：chaho　CD, AD, D：松本幸二　I：松本 絢　DF, S：グランドデラックス

Concept

街の小さなお菓子屋さんであるクライアント。その素朴かつ可愛らしいイメージを大切にしてブランディングをスタート。ロゴマークは、ケーキやスイーツが大好きな小さな女の子をキャラクター化して作成。頭にティアラ風のショートケーキをのせて、見た人の気持ちがほんわかとするキュートさを訴求した。カラーリングはイチゴを思わせるピンクと、チョコレートの茶を使用。ショップカードなどの販促物は、キャラクターの女の子が作りそうな、手作り感のあるビジュアルで展開。薄いピンクを敷き、ロゴマークとキャッチコピーをちりばめた。またブランドポスターは、キャラクターを用いずにケーキをメインビジュアルにして、違いを出した。フルーツをカラフルな色で見せ、可愛らしさの中にもグラフィック的な要素をプラス。

ポスター

ポスターはパステルトーンのカラーリングで制作。ピンクをテーマカラーに、シンプルに仕上げている。

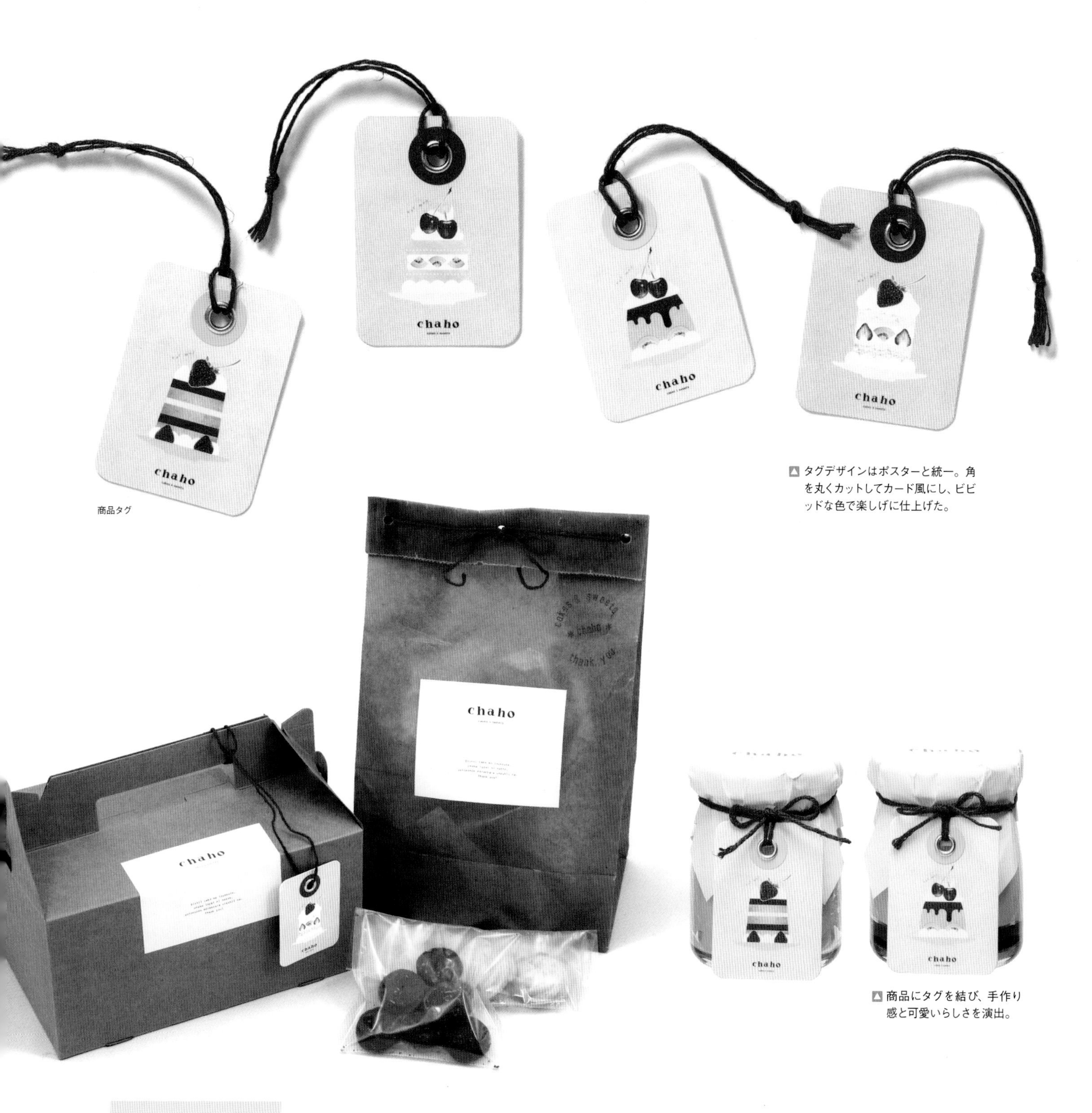

商品タグ

▲ タグデザインはポスターと統一。角を丸くカットしてカード風にし、ビビッドな色で楽しげに仕上げた。

▲ 商品にタグを結び、手作り感と可愛いらしさを演出。

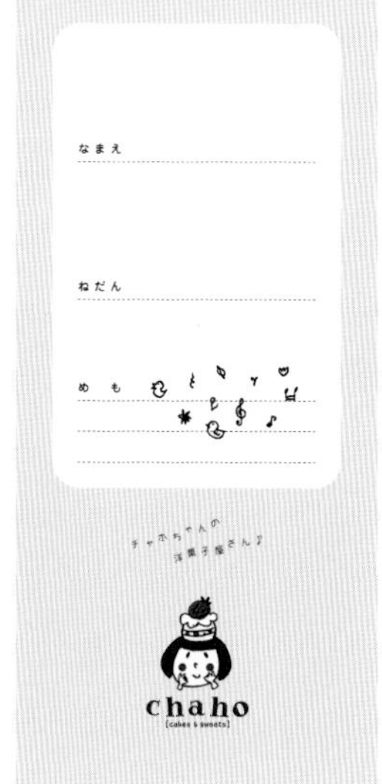

プライスカード

名刺

コースター

Food

大地からのおくりものを イメージしたパッケージデザイン

La Terre ラ・テール

菓子販売　Sweets Shop

CL：ラテール　CD, AD, D, CW, S：ミックブレインセンター

Concept

安心で安全な材料を使い、その素材のよさをシンプルに伝える洋菓子を作る「ラ・テール」。“La Terre＝大地”の名が示すとおり、大地からの贈り物、自然の恵みをキーワードに商品からパッケージなどのツールをトータルで提案することで、ブランドコンセプトを明確に表現。ギフトとして人気の高いジュレには葉っぱや花をあしらったラベルを用いて、箱に詰めたときに花畑や草原をイメージさせる工夫をし、店頭でのディスプレイ効果を考えたパッケージ作りを心がけた。また材料を視覚的にアピールするため、ギフトボックスのラベルの色には、はちみつ製品ならハニーイエロー、野菜製品ならグリーンを採用した。

▼花のパッケージでは、素材のはちみつから連想されるハチが花から花へ飛びまわる様子をラベルに描き、遊び心を加えた。

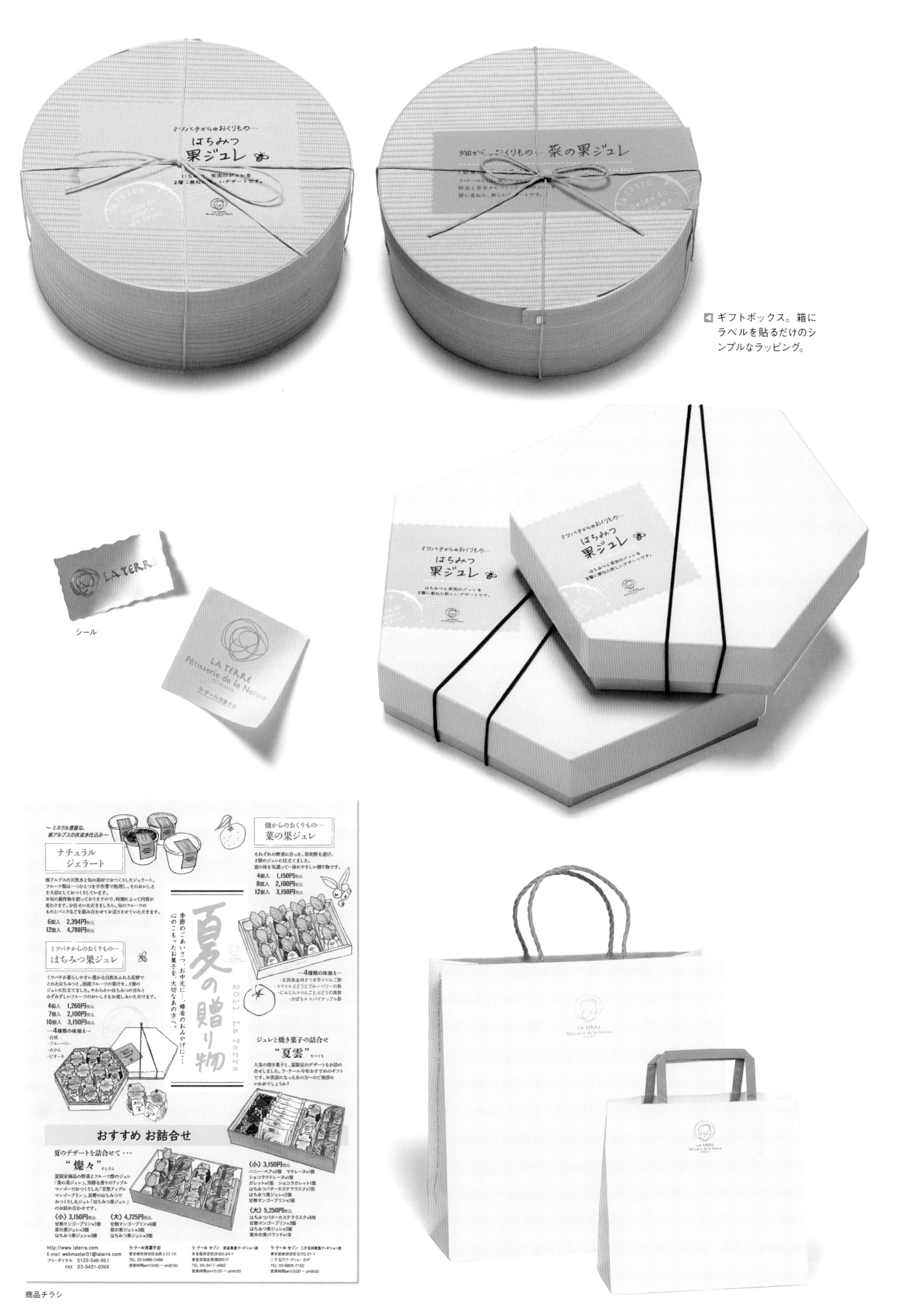

ギフトボックス。箱にラベルを貼るだけのシンプルなラッピング。

シール

商品チラシ

Food

伝統的な風習「包む」をコンセプトに日本古来の折り紙を採用

祇園辻利

日本茶販売　Japanese Tea Sale

CL, S：祇園辻利

Concept

1860年、京都・宇治において宇治茶の製造販売を始め、今では創業150年を超える日本茶の老舗。日本茶の豊かな味わいと楽しみを消費者に提供することで、人々の健やかな日々と伝統文化の継承に貢献してきた。老舗としてこだわりの宇治茶を届けたい、そのお茶を和の心で包みお客様をもてなしたい、という思いを形にするため、「折り紙」をモチーフにしたパッケージを採用。茶缶を取り払い、日本の伝統的な風習「包む」ことをコンセプトにし、シンプルでかつ洗練されたスタイルに仕上げた。守るべき伝統と新たなアプローチのバランスを絶妙に維持しつつ、まったく新しい「祇園辻利」を表現しようと試行錯誤を重ねた結果である。このパッケージが功を奏して、海外用の土産用としての進物などにも喜ばれている。

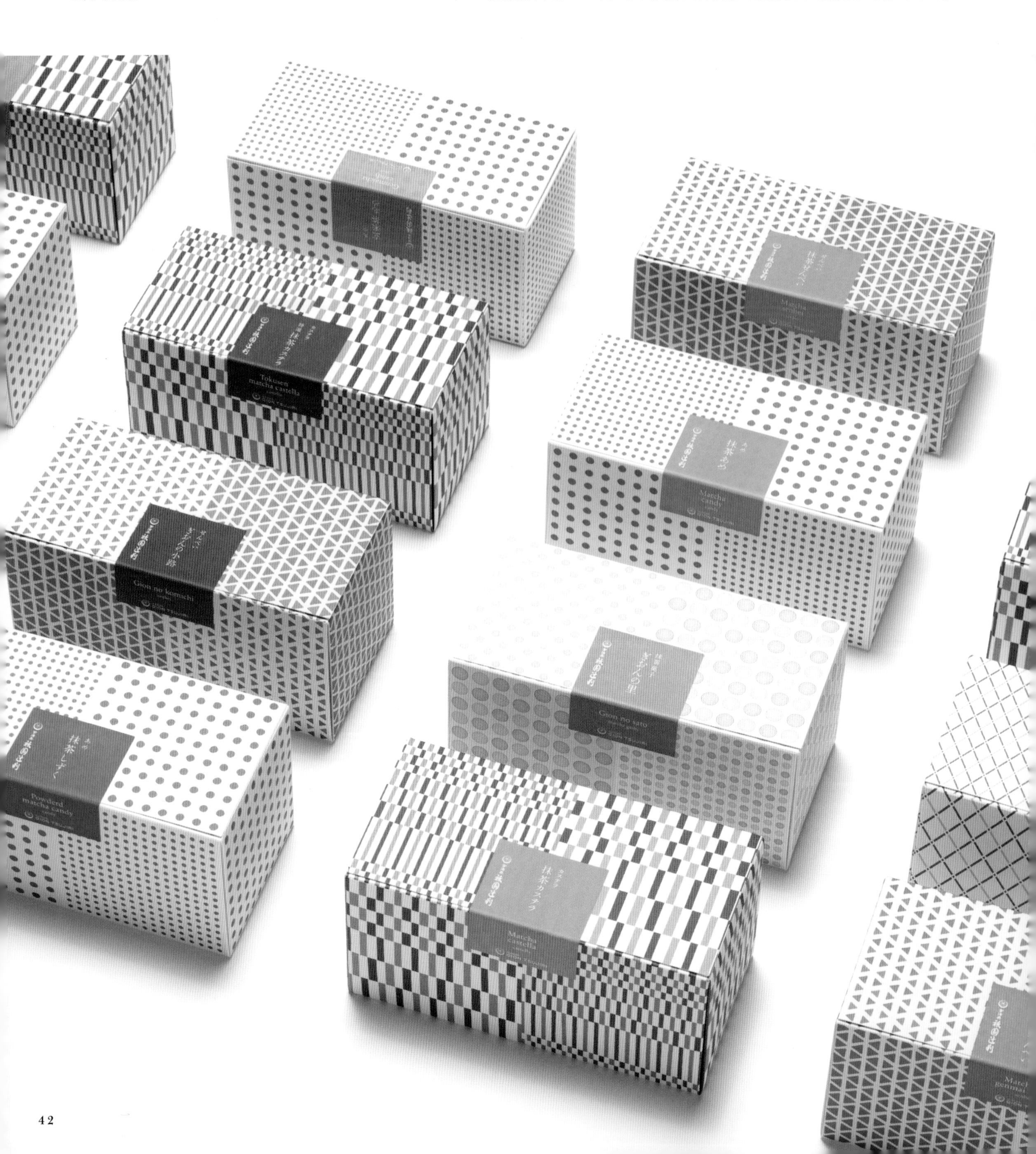

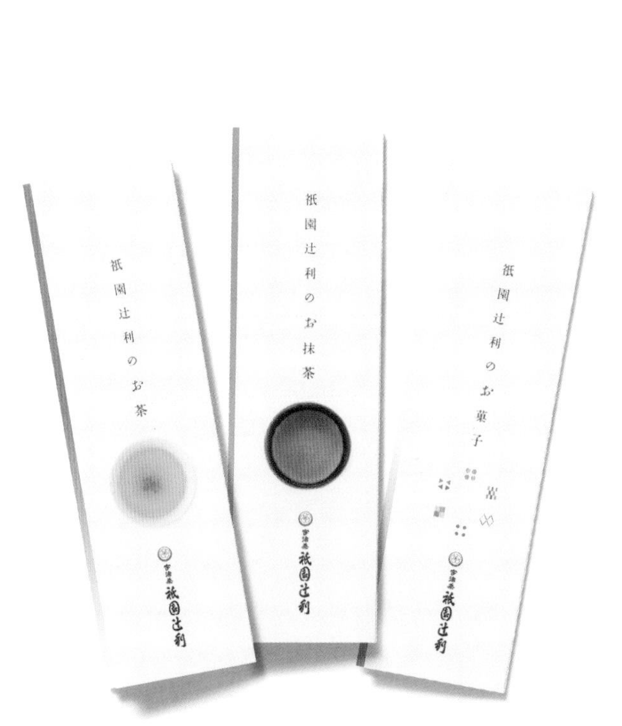

リーフレット

ボックスには、和風に見えつつもモダンさを伝える、文様とカラーリングを採用した。

▶ 祇園辻利

パンフレット

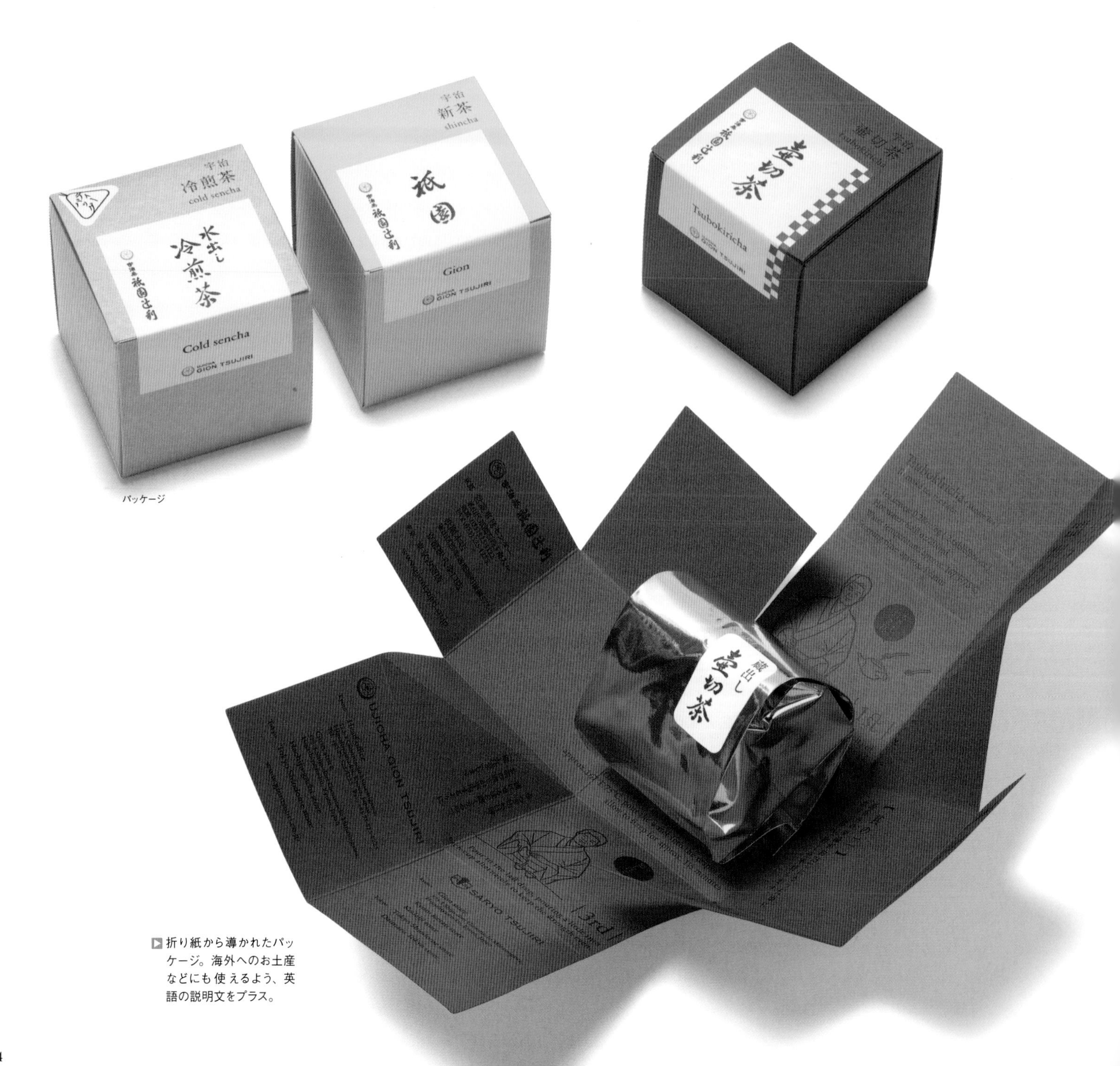

パッケージ

折り紙から導かれたパッケージ。海外へのお土産などにも使えるよう、英語の説明文をプラス。

「豆」をモチーフにロゴを作成。優しく手作り感のあるツールに

びーんず

和食喫茶店　Japanese Restaurant & Coffee Shop

CL：びーんず　CD, AD, D：松本幸二　I：松本 絢　DF, S：グランドデラックス

Concept

親子で経営する小さな古民家喫茶、「びーんず」。香り高いコーヒー豆はもとより、黒豆などを使った健康によいヘルシーなフードメニューが自慢だ。そんな「豆」をテーマに、ロゴマークを制作。その名のとおり、豆を可愛い線画イラストにし、シンボル化した。ロゴの「びーんず」の文字はあえてつなげて、店と顧客とのつながり感を象徴。このロゴを箸置きやポスターにも採用している。念頭に置いたのは、お店の雰囲気をそのまま生かすこと。優しく手作り感のあるビジュアルを目指した。また、テイクアウト用ののり弁当のパッケージには、「のり」を使ってコラージュしたようなロゴに。遊び心を持たせるとともに、ふたを開けなくても中身がわかるような認識しやすさを訴求した。

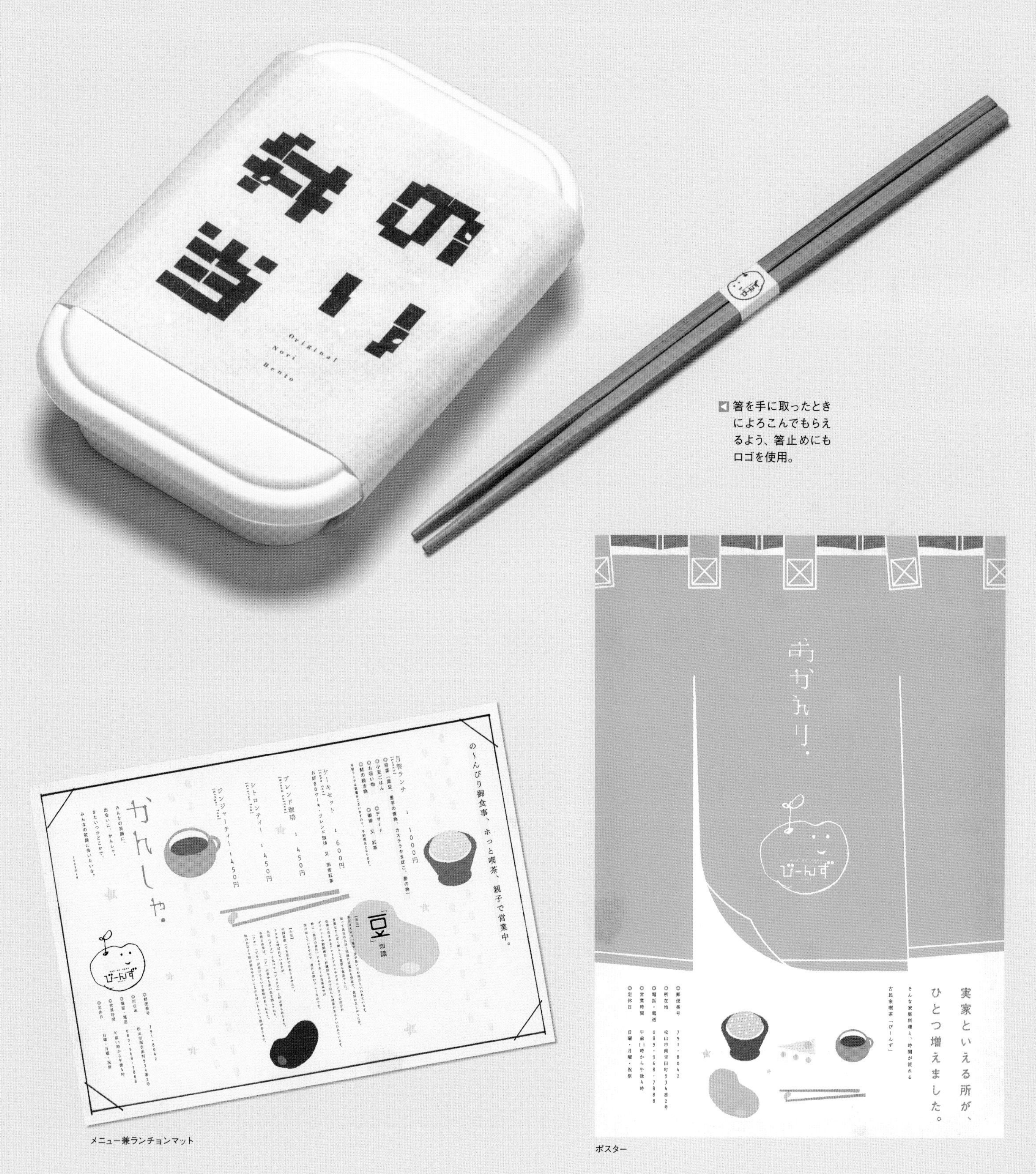

箸を手に取ったときによろこんでもらえるよう、箸止めにもロゴを使用。

メニュー兼ランチョンマット

ポスター

陳列を想定し、引き立て合う パッケージデザインを実現

あおざしからり

和菓子製造販売　Japanese Sweets Production, Sale

CL：菓匠三全　CD, AD：西澤明洋　D：成田可奈子
DF, S：エイトブランディングデザイン

Concept

「素朴な日本のおもてなし」をコンセプトに、新しい現代の揚げ菓子を提案するブランド「あおざしからり」。あげもちにチョコレートを染み込ませた「ショコラからり」など、既存の和菓子にとらわれない、新鮮な商品作りを提案している。パッケージにおいては、高感度な品質感と味わいをグラフィカルに表現し、手土産として購買欲をそそるデザインを構築した。また、パッケージがそのまま店内ディスプレイになることを想定し、陳列された際にそれぞれの商品が引き立て合う色使いやデザインを意識。包材にプラカップを使用することで、正面から見るとそれぞれの味をイメージさせ、横から見るとカップ内のお菓子が見える設計とした。このカップを採用したことで、食べやすく、使い勝手のよいパッケージとなった。

並べて配置すると、まるで千代紙を思わせる文様の美しさを想定。和の伝統色を中心にしてカラーリングした。

AOZASHI KARARI

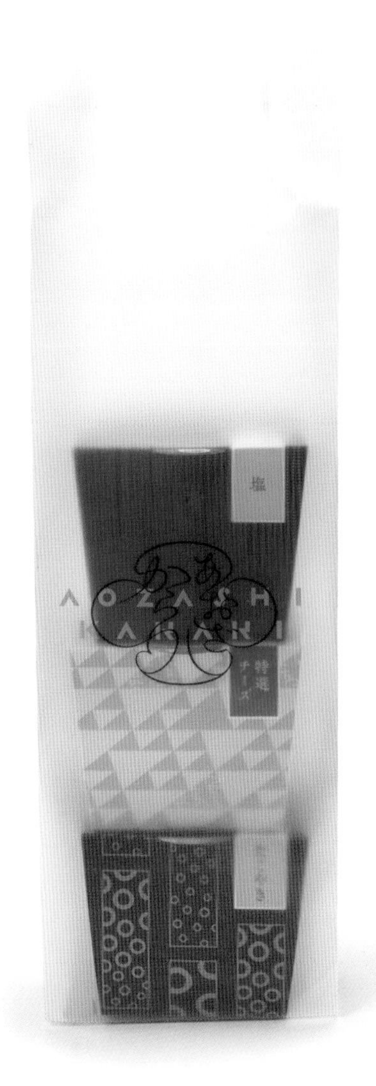
塩
AOZASHI KARARI
特選チーズ

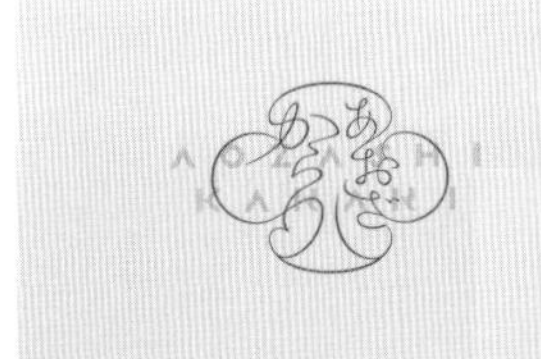
誰かにあげたい、
おもてなしの気持ち。
日本人は古来より、季節感や
おもてなしの気持ちを
お菓子で表現してきました。
時代ごとのあたらしい
素材や製法をとり入れ、
日本のお菓子文化は今日、
豊かに発展しました。
さっくりとした軽い食感で
素材の味をひきだした
「あげもちからり」。
カレーやたこやきなど
新しいあげもちの味わいを
ご用意いたしました。
斬新な製法で、チョコレートを
絶妙なバランスで浸みこませた
全く新しいあげもち
「ショコラからり」。
今回、全国初登場でございます。
「あおざしからり」は
素材をいかし、新しい製法で
現代の揚げ菓子を
創造してまいります。

商品説明

みたらし
ショコラ
ホワイト
たこやき
塩
カレー
醤油
特選
チーズ
ショコラ
ブラック

Food

商品そのものを生かす
シンプル&スタイリッシュなパッケージ

AWANOWA PLUS SWEETS
アワノワ プラス スイーツ

菓子販売　Sweets Shop

CL：NPO法人とくしま障害者授産支援協議会　AD：池田 毅　D：高木理恵
DF, S：アイ工房

Concept
「アワノワ」とは徳島県内の障害者授産施設などからなる"NPO法人とくしま障害者授産支援協議会"の統一ブランド。そのひとつの事業として施設の利用者と職員が製造するスイーツブランド「アワノワプラススイーツ」が誕生した。徳島の特産品であるゆず、すだち、鳴門金時や徳島産の米粉を使用し、地域の活性化にも繋がる事業として注目されている。商品は徳島県内のイベント販売をメインにしているため、初めて見る人にわかりやすく伝えることを第一にツールを制作。商品そのものをストレートに伝えるポスターパネルやパッケージも商品の素材を生かすよう、なるべくシンプルでスタイリッシュなデザインに仕上げた。

▲商品パッケージ。白いワックスペーパーを折って、シールを貼ったシンプルなどらやきのパッケージ。

ギフトボックス

▶袋タイプの商品パッケージ。ころんとしたクッキーをイメージしたイラストがポイント。

ギフトボックス

◀透明感のあるゼリーに合わせ、スクエアのすっきりしたパッケージ。

ポスターパネル

月に浮かぶうさぎがモチーフ。モダンジャパンなイメージに

うさえもん

和菓子店　Japanese Sweets Shop

CL：久梨美　CD, AD, D：松本幸二　P：松浦宏一　DF, S：グランドデラックス

Concept

クライアントは愛媛県久万高原町にある、地元で人気の和菓子屋。山々に囲まれた豊かな自然から採れる、新鮮な果実や畑の恵みをふんだんに使った和スイーツが自慢で、手作りにこだわった優しくて素朴な味を提供している。その商品のひとつである「うさえもん」のブランディングとして手がけた。ロゴマークは、その名前からイメージできるような、満月に浮かぶうさぎをモチーフにして制作。商品の優しい味を彷彿とさせる、ほっこりとした柔らかさのあるタッチにし、上品でモダンジャパンなイメージに仕上げた。カラーリングには華やかでどこか懐かしさを感じさせるオレンジを採用。白地のパッケージにマークや帯として用い、印象的な色使いを目指した。

ポスター

写真は白地を生かしてシンプルに仕上げ、コピーは原稿用紙風にして和の雰囲気を重視。

◀「満月のうさぎ」を引き立てるため、背景に雲のパターンを敷いた。

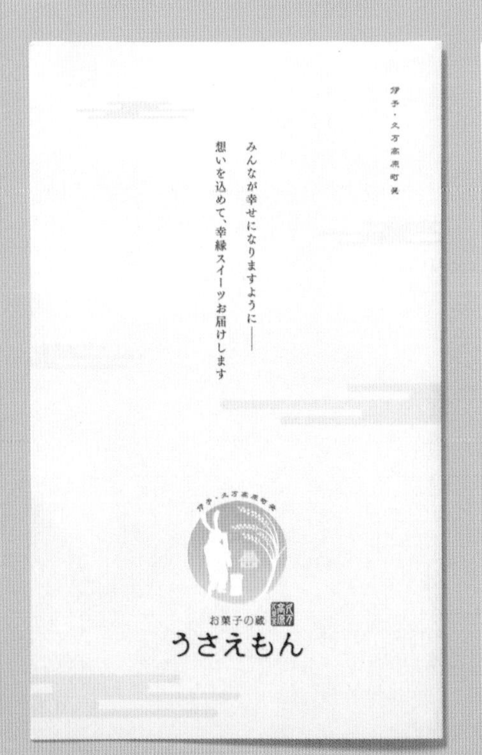

リーフレット

トータルデザインで「新しいお酢の世界」を表現

OSUYA GINZA・酢ムリエ オスヤ ギンザ

酢の販売とカフェ　Vinegar shop & café

CL：内堀醸造　CD：徳田祐司　AD：徳田祐司（酢ムリエ）/ 小島真理子（OSUYA GINZA）
D：小島真理子 / 藤井幸治　プロデューサー：中村佳正 / 松波沙耶　DF, S：カナリア

Concept

「OSUYA GINZA」は創業明治9年のお酢の老舗「内堀醸造」によるお酢の専門ショップ＆カフェ。スイーツとして楽しむデザートビネガーや日本で唯一の酢ムリエが開発する商品は、従来のお酢のイメージを一新させた。商品パッケージや、店内グラフィックまでトータルにデザインを手がけることで、統一感やブランド力を強調。漢字の“酢”をデザイン化したロゴに酢醸造をイメージしたゴールドを使用し、パターン化したロゴを商品パッケージやギフトボックスに施した。また、「酢ムリエ」が提案するオリジナル商品は、どんなものでも酢でおいしくするという味の探求心を画家ミロになぞらえた。ラベルデザインは、ミロの絵画からインスピレーションを受けた色彩と遊び心を表現している。

リーフレット

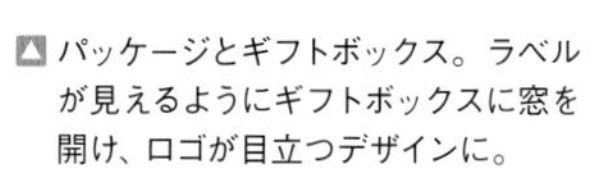
▲ パッケージとギフトボックス。ラベルが見えるようにギフトボックスに窓を開け、ロゴが目立つデザインに。

◀ ギフトボックスとリボン。白いボックスにロゴデザインを型押ししている。

▶ OSUYA GINZA・酢ムリエ

ティーバッグタイプのスパイス用パッケージ。ボトルやショッピングバッグにもロゴを配置。

A.『ピクルス』の作り方

果実酢(ワインビネガーやりんご酢等):2カップ
砂糖:1カップ
「酢ムリエのピクリングスパイス」:1パック(5g)
以上の材料を全て鍋に入れて一煮立ちさせ、冷ました後にキュウリや大根、人参、カリフラワー、パプリカなどお好みの野菜を適当な大きさに切り、そのまま漬け込みます。塩もみの必要はありません。冷蔵庫で一晩ほど漬け込めば出来上りです。ピクルスは冷蔵庫で保管し、1~2週間を目安になるべく早めにお召し上がりください。

B.『飲むスパイスビネガー』の作り方

専用の「スパイス用デザートビネガー®」20ccを80ccの水で割ってください。そこに「酢ムリエのピクリングスパイス」1パック(5g)を入れ、3分間以上浸してからお飲みください。果実酢とスパイスの芳醇な味わいとソフトな辛みをお楽しみいただけます。また「酢ムリエのピクリングスパイス」は1パック(5g)で5杯分(飲むスパイスビネガーとして500cc)までお楽しみ頂けます。2杯分(200cc)は5分、3杯分(300cc)は10分、4杯分(400cc)は20分、5杯分(500cc)は30分を目安にお好みで浸す時間を調整してご使用ください。なお水の代わりにお湯で割ってもお楽しみいただけます。その場合には浸す時間を短めに調整してください。*ご注意:飲むスパイスビネガーをお作りになる時は、専用の「スパイス用デザートビネガー®」をご使用ください。

リーフレット

カラーインパクトを重視した
タイポグラフィーで統一感を出す

AMANDA COFFEE'S アマンダコーヒーズ
コーヒーショップ　Coffee Shop

CL：タケシカンパニー　AD, D：松本幸二　DF, S：グランドデラックス

Concept

タケシカンパニーのオリジナルブランドであるコーヒーショップ「AMANDA COFFEE'S」は、NYスタイルのコーヒーショップがコンセプト。プレミアムテイストのコーヒーやオリジナルドリンクなど、従来のお店では味わえない豊富なメニューが人気だ。そんなニューヨーカーが好んで行くショップというコンセプトで、内装やショップツールを構築。ロゴは赤・黒・白の3色でカラーインパクトを重視し、シンプルなタイポグラフィーで目を引くしかけに。テイクアウト用の紙袋やスリーブはクラフト紙を用い、3色でシンプルに仕上げて、タイポグラフィーが引き立つようデザインしている。また、同デザインで店内用のカップ類も作成し、ブランドの統一感を図った。

▲店舗の外壁を囲むように真っ赤なロゴマークのシートを配置し、道行く人の目を引くしかけをプラス。

女性が自分買いしたくなる
キュートなバレンタインパッケージ

モロゾフ フォアダムール

洋菓子販売　Sweets Shop

CL, 企画構成：モロゾフ　CD：金谷 勉　AD, D, CW：植山佳則
DF, S：セメントプロデュースデザイン

Concept

「モロゾフ」の2011年バレンタイン用チョコレートのパッケージとショップツール。女性が思わず自分買いしたくなる可愛いバレンタインチョコ、というコンセプトをもとにうさぎ型のパッケージを使用したいというクライアントのプランに様々なパターングラフィックをデザイン。アンティーク、森ガールをキーワードに女性が純粋に可愛いと思えるデザインを心がけ、レース柄、花のゴム、リボンなどのアクセントを施した。アンティークの温かさ、森ガールの柔らかい印象を保ちつつ、売り場でも華やかに見えるように、リボンやカラーリング、柄の大きさに配慮。パッケージを二次利用してもらえるようなシリーズに仕上がった。

▲ うさぎ型のギフトボックス。パッケージにはドットやボーダーなど、人気の柄をカラフルに展開した。

▲ギフトボックスと専用ギフトバッグ。うさぎをあしらったレース柄のパッケージにドット柄のかわいいリボンをつけて。

カタログ

Food

オーナーの想いをストーリー化
ブランドの世界観を反映する

HEART BREAD ANTIQUE

ハートブレッドアンティーク

飲食業　Restaurant Business

CL：クラブアンティーク　CD, AD, D：谷口佐智子　CW：村瀬紀子 / 山田 梓
D：蛯名亮太 / 若林久美 / 蓮沼あい　P：竹内秀美　I：神谷直広 / 東 ちなつ
DF, S：ザ・バード

Concept

オーナーシェフである田島氏の「お客様をワクワクさせたい、驚きや感動を提供したい」という想いをベースにして、「A MAGICAL DISH, EVERY DAY」というブランドコンセプトを開発。ブランド名の由来であり、またパン作りにかける田島氏の想いを「ハート」をモチーフにした新VIで表現するとともに、手に取った人がワクワクするようなマジカル感を意識してすべてのツールを制作した。さらに、ブランドのバックボーンとして、オリジナルのストーリー「マジカルアンティークワールド」を舞台にしたファンタジーを創作。田島氏の分身として誕生した、うさぎのメインキャラクター「ハーティ」を始め、物語の登場人物を各ショップツールに展開することでブランドの世界観を表現している。

ペーパーバッグ

イベント用ユニフォーム

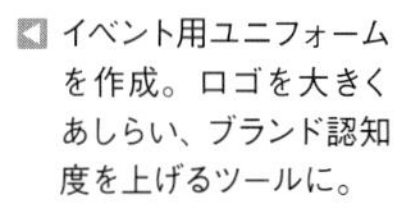

◁ イベント用ユニフォームを作成。ロゴを大きくあしらい、ブランド認知度を上げるツールに。

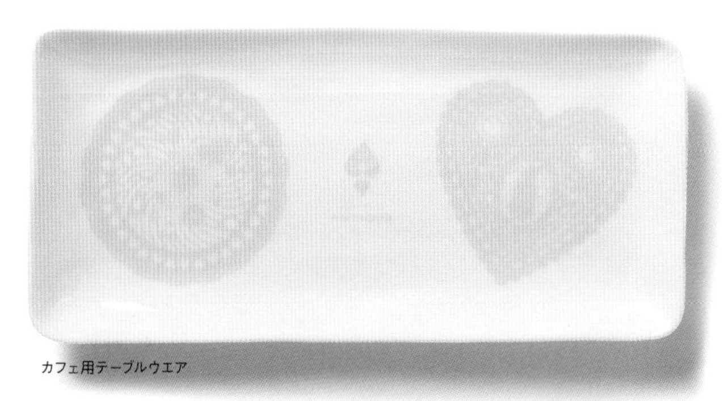

カフェ用テーブルウエア

▷ 店内用のプレートやボウルには、ストーリーと関連するモチーフを用い、統一感を出した。

▶ HEART BREAD ANTIQUE

アンティーク・クレド

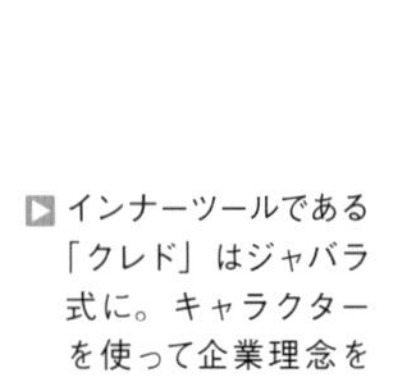

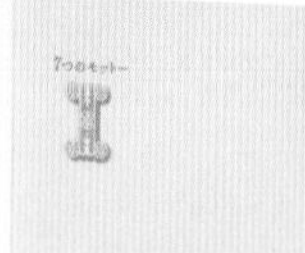

▷インナーツールである「クレド」はジャバラ式に。キャラクターを使って企業理念を親しみやすく解説。

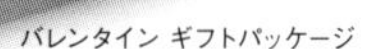

バレンタイン ギフトパッケージ

カフェ用カップ

商品パッケージ

商品パッケージ

テイクアウト用ボックスの底にイラストをちりばめ、食べてしまった後にも楽しみを付加。

シール

エコバッグ

チョコリングタグ

世界観を踏襲したアンティークテイストのパッケージデザイン。

商品写真と手描き風イラストで より幅広いターゲットにアピール

Mister Donut ミスタードーナツ

ドーナツブランド　Donut Brand

CL, S：ダスキン ミスタードーナツ事業本部　CD, AD：寄藤文平　D, I：鈴木千佳子
P：宇禄　CW：小薬 元　A：博報堂　DF：文平銀座

Concept

顧客に健康的で快適な食文化を提案し、環境にも配慮した店舗作りや事業サービスを促進している「ミスタードーナツ」。メイン商品であるドーナツはもとより、ドリンクや飲茶など、常に新しいタイプの商品を提案し続けている。その中のひとつ、「焼きド」のブランディングとして各ツールを作成した。野菜や果物などと組み合わせた、これまでにない食感を伝えるために、「もうひとつのミスタードーナツ」というキャッチフレーズで新しさをアピール。食材や食まわりのグッズをモチーフにした手描き風イラストをちりばめ、シンプルな商品写真を組み合わせたビジュアルに。小さな子どもから大人まで、幅広いターゲットに親しみやすいタッチで展開。色も商品に合わせてカラフルに仕上げ、楽しさが伝わるツールを実現。

ポスター

横幕

▲種類の豊富さをビジュアルで見せ、店舗スタッフをイメージしたイラストで親しみやすさをアピール。

発売予告ポスター

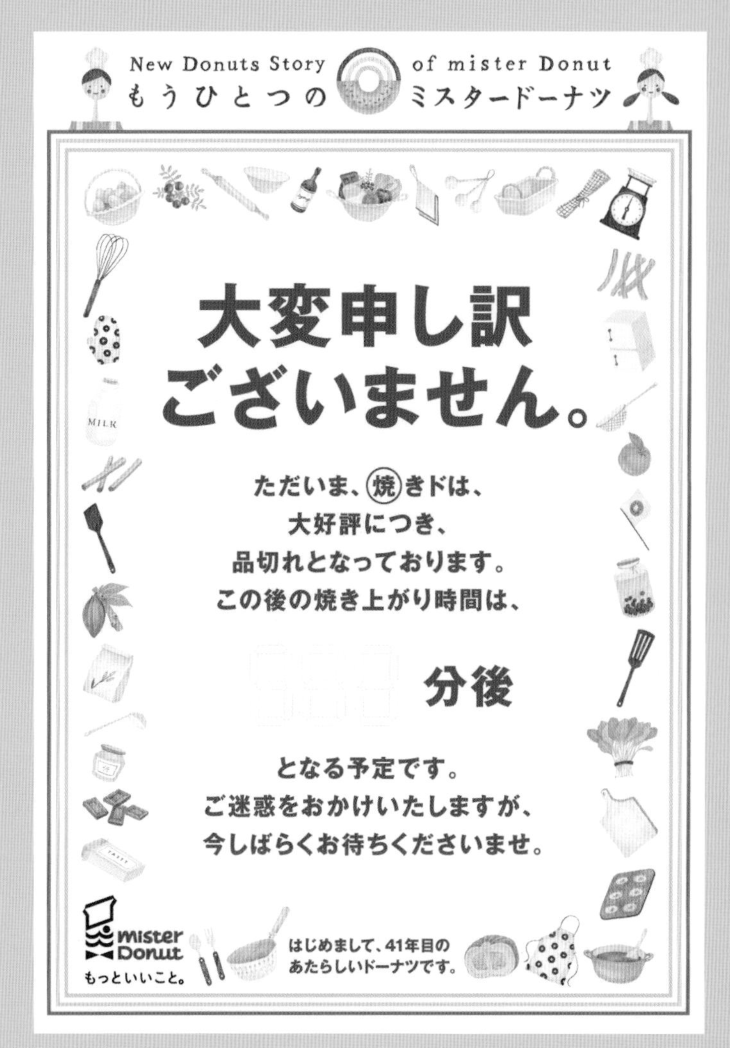

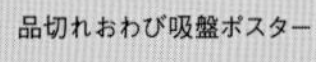
品切れおわび吸盤ポスター

ウィンドウシール

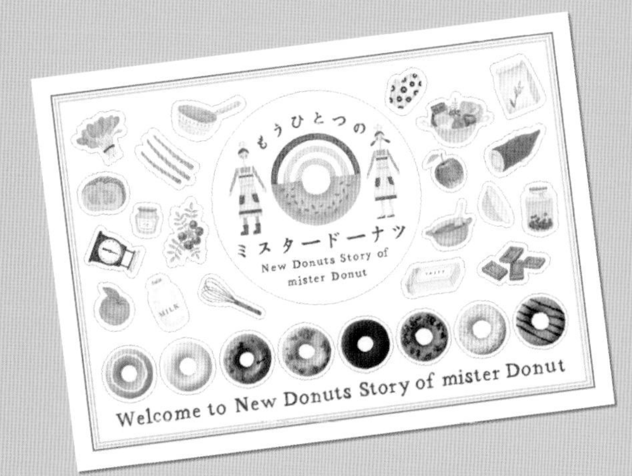

ステッカー

許求名札

ポスターやステッカーなどのツールをすべて統一して、イメージを固定。

手描きのロゴマークを主役にして親しみやすさと温かみを出す

京のお抹茶プリン Matcha Pudding

和菓子製造販売　Japanese Sweets Production, Sale

CL：京のお抹茶プリン　CD, D：浅田久美　D：岩橋美穂　DF, S：モトイデザイン事務所

Concept

香り高い宇治抹茶を使った「お抹茶プリン」は、あっさりとした上品な味が人気の和風スイーツ。開発には京都と兵庫にある食品会社3社が加わり、今では京都土産の定番商品となっている。京都に来たときのお土産に買ってもらえる商品ということで、誰にでも親しみやすく、また味が想像できるようなパッケージ開発を行った。抹茶のグリーンとプリンのクリーム色をテーマカラーにし、京都を強調するために「京」の文字と落款を赤で表現。ロゴは素朴さと親しみやすさを狙い、手書き文字で構成。シールや説明書、ショッピングバッグはロゴが引き立つよう白場を生かした。シンプルながらも、手に取ったときに安心感や温かみが感じられるようなデザインを意識した。

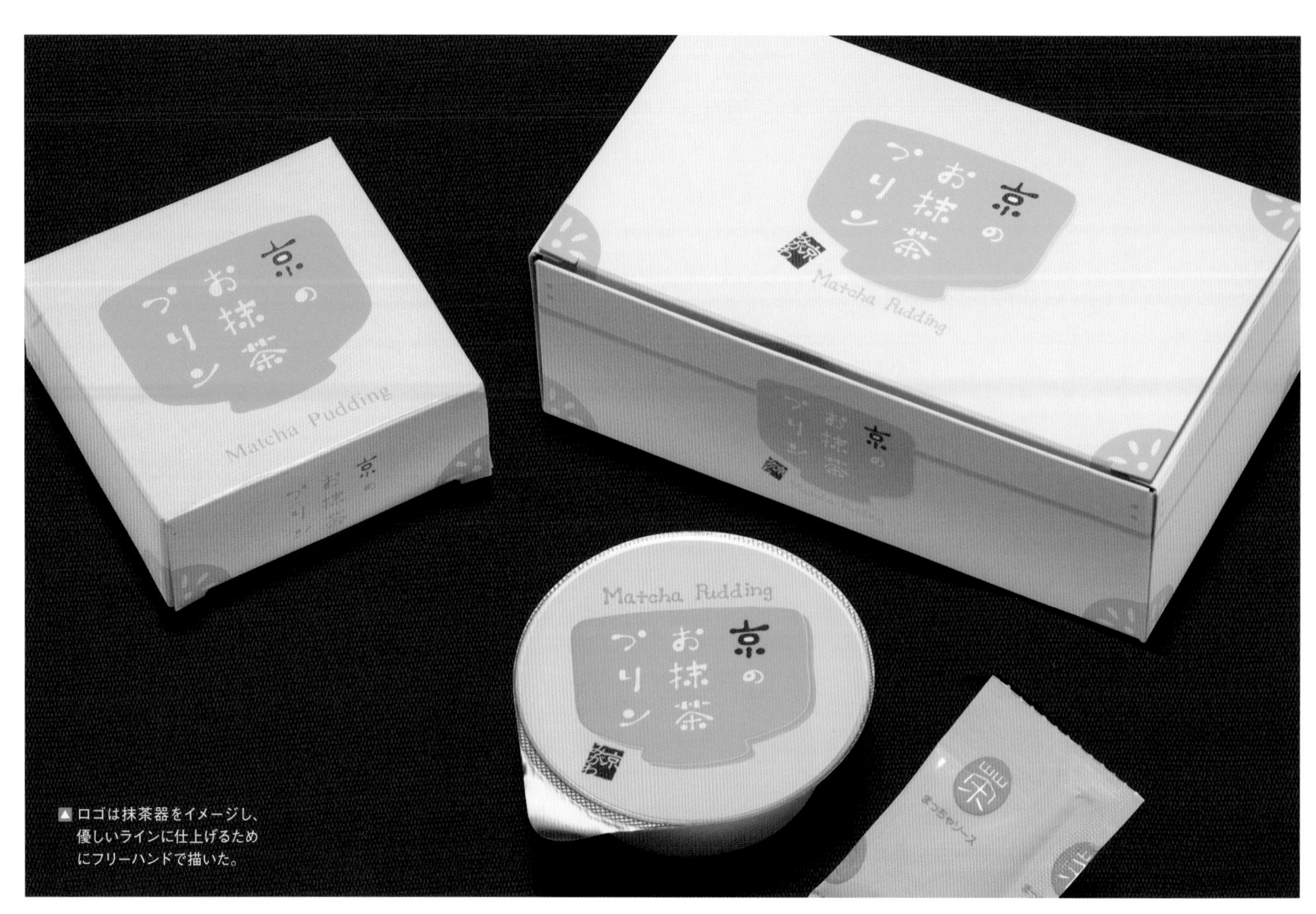

▲ロゴは抹茶器をイメージし、優しいラインに仕上げるためにフリーハンドで描いた。

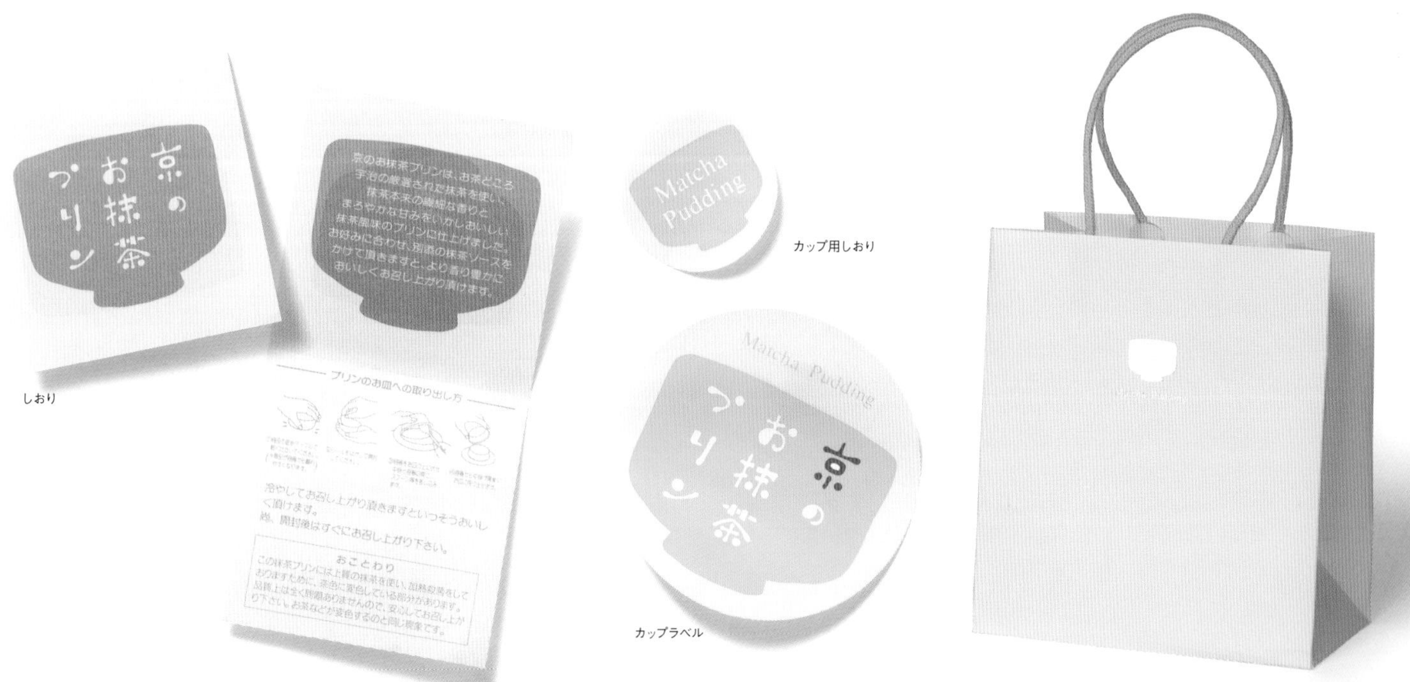

しおり

カップ用しおり

カップラベル

和菓子の世界から広がる 日仏の融合をテーマにしたイベントツール

虎屋

和菓子の製造販売　Japanese Confectionery

CL：虎屋　CD：葛西 薫　AD：葛西 薫 / 徳田祐子（ショッピングバッグ、トートバッグ）/ 葛西 薫 / 赤羽美和（パッケージ）　D：徳田祐子（ショッピングバッグ、トートバッグ）/ 赤羽美和（パッケージ）
I：唐仁原多里（パッケージ、カレド羊羹）　プロデューサー：坂東美和子 / 常木宏之
製版＋印刷：スーパーバッグ（ショッピングバッグ）/ トップ（パッケージ：洋梨の香、エッフェル塔の夕暮れ、ショコラマンジェ）/ 三光紙器工業所（パッケージ：カレド羊羹）　DF, S：サン・アド

Concept

とらやパリ店の30周年を記念し、2010年9~10月に開催された『とらやパリ祭』のイベント用ショップツール。日仏の融合を試みた新しいお菓子の開発に合わせ、イベントロゴを配したパッケージも和と洋のエッセンスをミックスさせたものが並ぶ。フランスの伝統的なゼリー菓子にヒントを得た“カレド羊羹”のパッケージでは、小豆・生姜・山椒・白味噌の素材をイラストで展開。イベント用のショッピングバッグにはフランス国旗をイメージしながらも、淡く色をグラデーションさせることで、和の雰囲気をプラスした。フランスの国を模ったタグやノベルティのピンバッジも存在感たっぷりにイベントを盛り上げた。

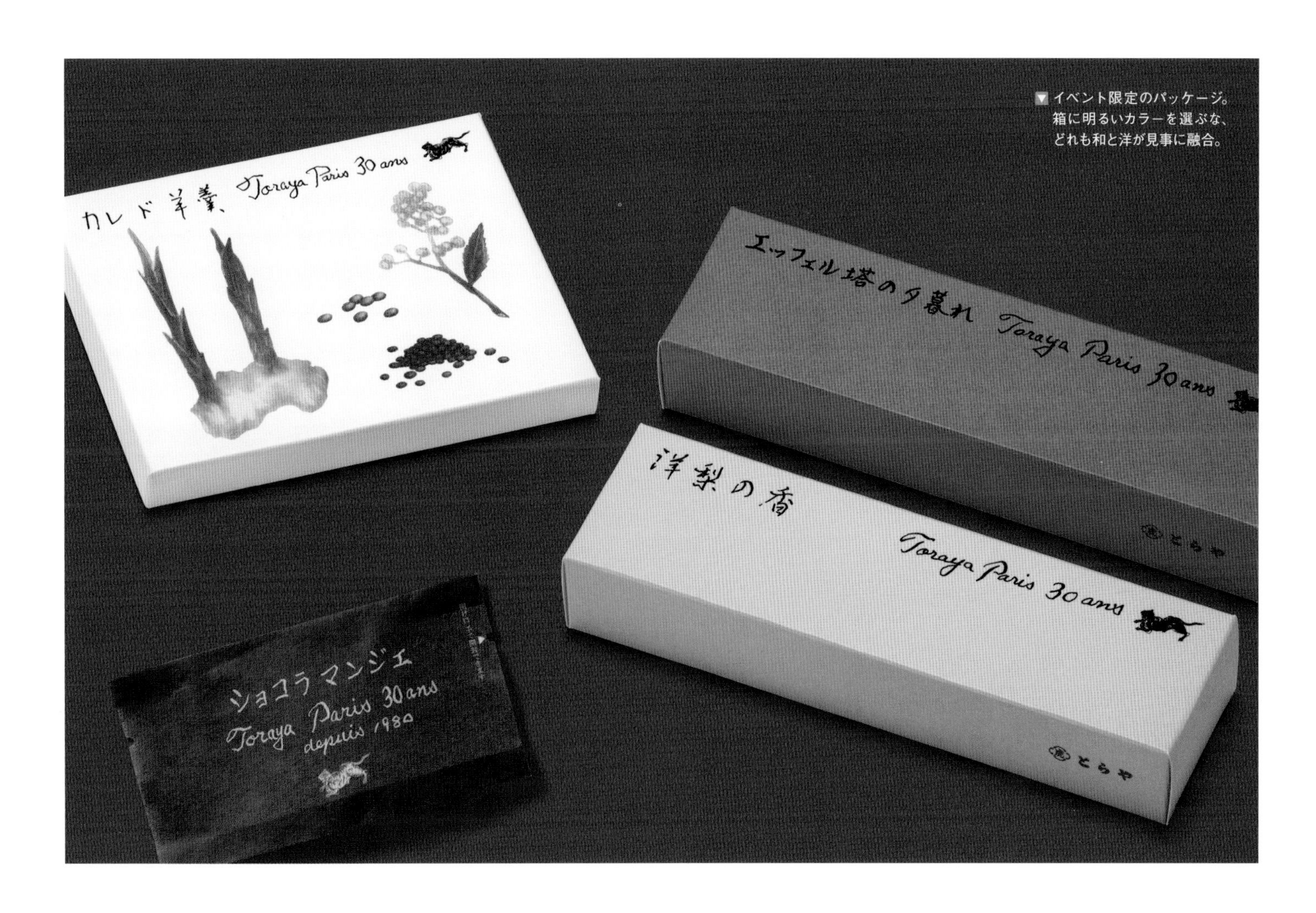

▼ イベント限定のパッケージ。箱に明るいカラーを選ぶな、どれも和と洋が見事に融合。

ピンバッジ（ノベルティ）

トートバッグ

Food

歴史的背景をデザインに落とし込み ツールに展開

The Bund Tea Company

ザ・バンド・ティー・カンパニー

紅茶販売&サロン　Tea Shop & Salon

CL：ザ・バンド・ティー・カンパニー　AD, D：大崎淳治　DF, S：大崎事務所

Concept

茶の輸出港として開港した上海の紅茶専門店「ザ・バンド・ティー・カンパニー」。ロゴマークには“ティークリッパー”といわれる紅茶運搬に使われていた帆船を使用。ギフトパッケージには、ルートマップや19世紀当時の上海の写真を配置し、ローカルとグローバル・現在と過去を行き来する発想で物語性を持たせた。また、紅茶パッケージには本来の茶葉が持つ香りを訴求するため、そしてそれぞれの茶葉の色の違いを見せるためにガラス瓶を採用し、香水のパッケージをイメージさせるような高級感をアピールした。ショッピングバッグ、POPなどのショップツールにも単にロゴだけを配置するのではなく、上海と紅茶との歴史の深さを感じさせる工夫を施した。

◀ 新聞のタブロイド版の大きさのPOP。ティークリッパーの絵や当時の上海の写真をコラージュ。

◁ ティーバッグ用のギフトパッケージ。ブランドカラーの深みのあるブルーで統一。

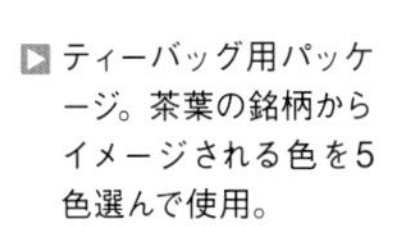

▷ ティーバッグ用パッケージ。茶葉の銘柄からイメージされる色を5色選んで使用。

ギフトパッケージ

ギフト缶パッケージ

商品の色の美しさを最大限に生かし
新しいアプローチを試みる

YAMAKA VINEGAR PROJECT
ヤマカ ビネガー プロジェクト

醤油製造販売　Soy Sauce Production, Sale

CL：ヤマカ醤油　CD：大坪宏史　AD：野口剣太郎　D：加藤真弓（リーフレット）／野口剣太郎（パッケージ）　CW：大坪宏史　P：大森今日子（人物・料理）／STUDIO PASSION（商品）　DF, S：SHIROKURO

Concept
老舗の醤油醸造会社、ヤマカ醤油株式会社が開発した、鮮やかな色と高い香りが特長のビネガーのブランディング。従来の醤油会社とは異なるイメージを確立するため、ボトルラベルやパッケージのデザインにおいて、新しいアプローチを目指した。ボックスは色のグラデーションを最大限生かすため前面と背面にスリットを施し、透過した光の鮮やかな色合いがそのまま伝わるしかけに。パッケージ本体はパールホワイトとマットシルバーの箔押しで、シンプルに仕上げた。リーフレットはパッケージと連動させ、全体を白で統一、ビネガーの色の美しさを際立たせている。しおりにおいては実際の使い方をイメージできるようにデザインを考慮、付け替えキャップをビジュアルで伝えるように心がけた。

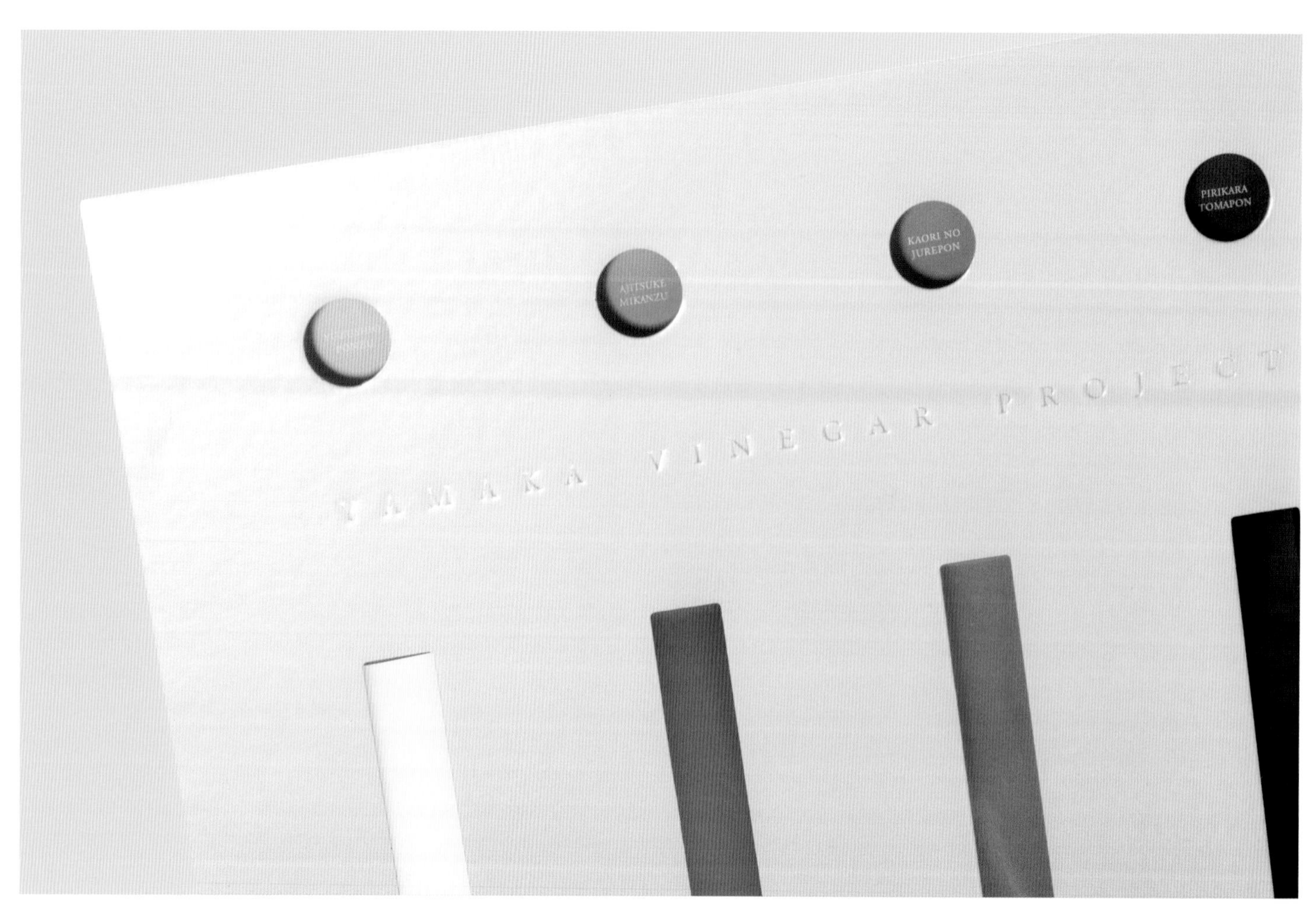

▲ 白地に箔押しのロゴが高級感を与え、スリットからのぞくビネガーの色が印象的なパッケージ。

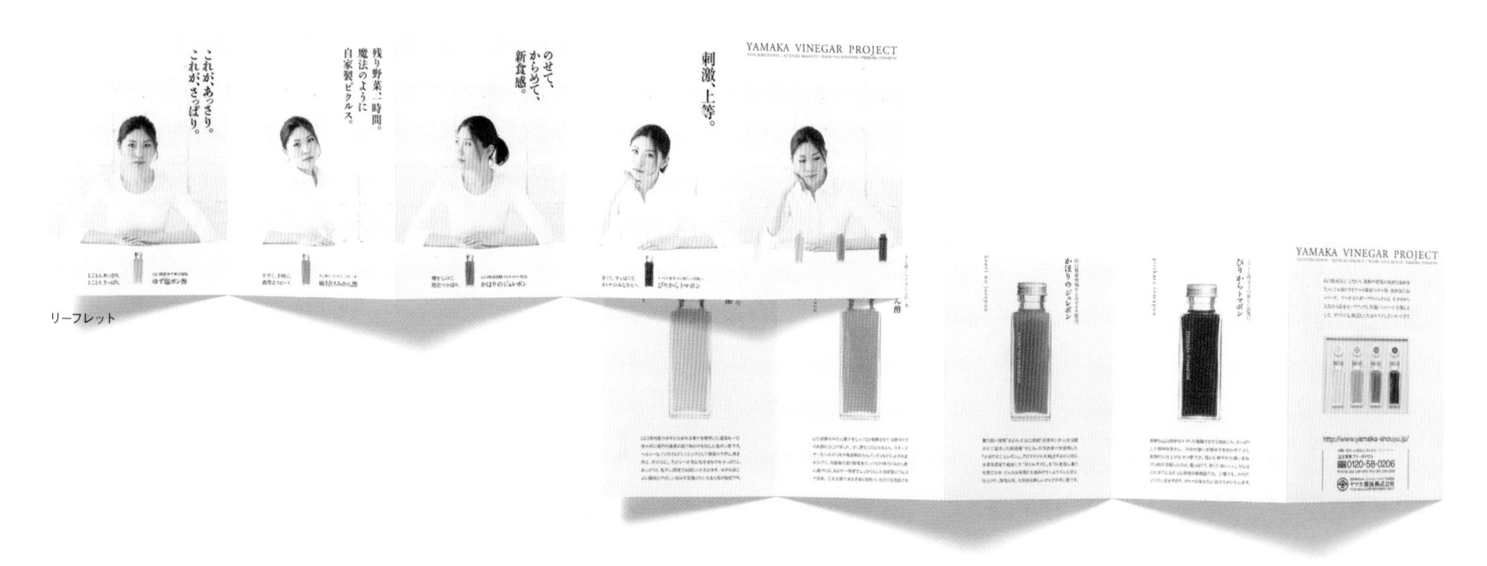

リーフレット

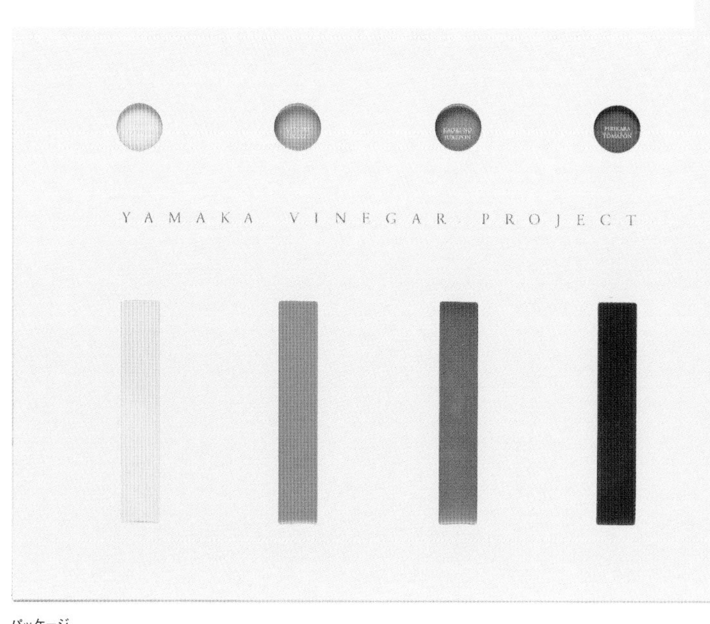

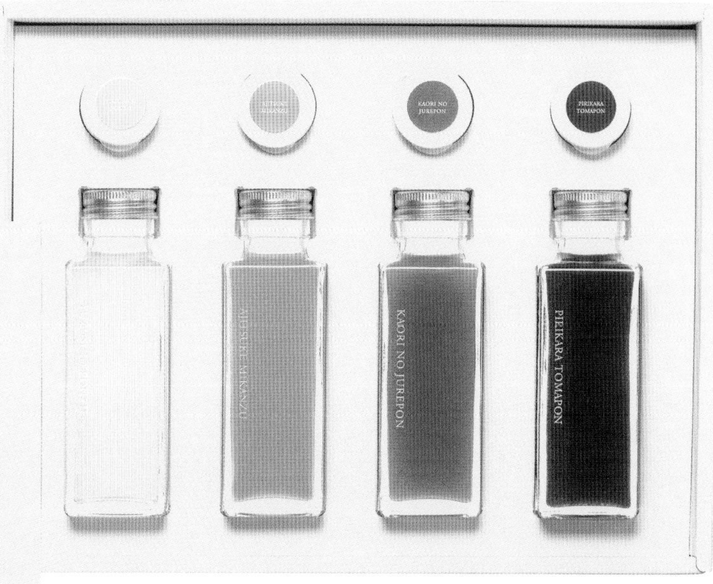

ボックス内部も白一色にし、外側の印象と統一。色のグラデーションが引き立つカラーリングを目指した。

パッケージ

しおり

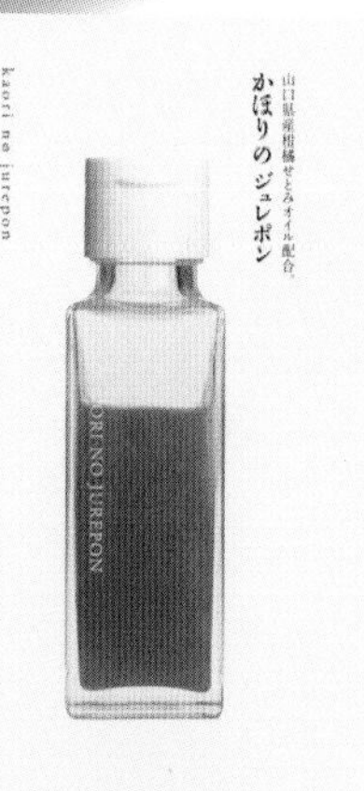

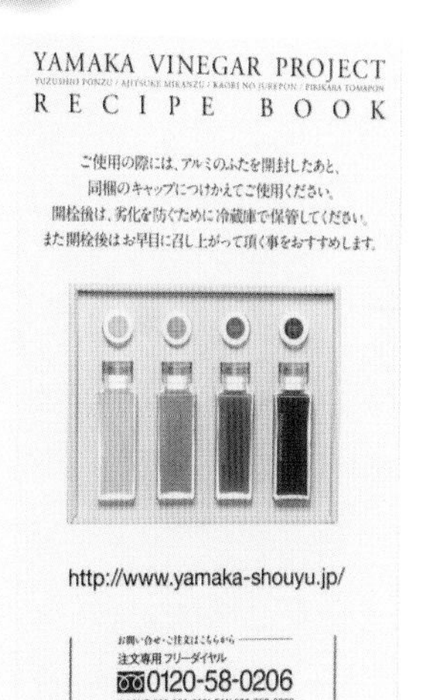

伝統織物柄をモチーフに採用し産地のイメージアップにつなげる

會津野彩

地方自治体　Local Government

CL：会津若松市　AD, D, CW：高橋延昌　S, 受託：会津大学短期大学部高橋延昌研究室

Concept

福島県・会津若松市ならではの付加価値を付けて生産された、「會津野彩（あいづやさい）」のブランディングとしてスタート。有機栽培や特別栽培で育てられた野菜や果物などの農産物を、視覚的に訴求。「會津野彩」の「會」は会津地方の伝統を表し、「彩」は野菜のみならず果物などの農産物全般の意味を含んでいる。デザインのベースには会津の伝統織物「会津木綿」を採用し、「安全安心で旬の野菜（農産物）にこだわる」というブランドコンセプトを象徴。書体やカラーリングは、素朴かつ誠実な印象を大切にした。地方自治体がクライアントのため、誰にでもすぐに産地を思い浮かべられるネーミングと、汎用性の高いデザインを目指す。ブランドの認知度を高めるとともに、産地全体のイメージアップに貢献することを狙いとした。

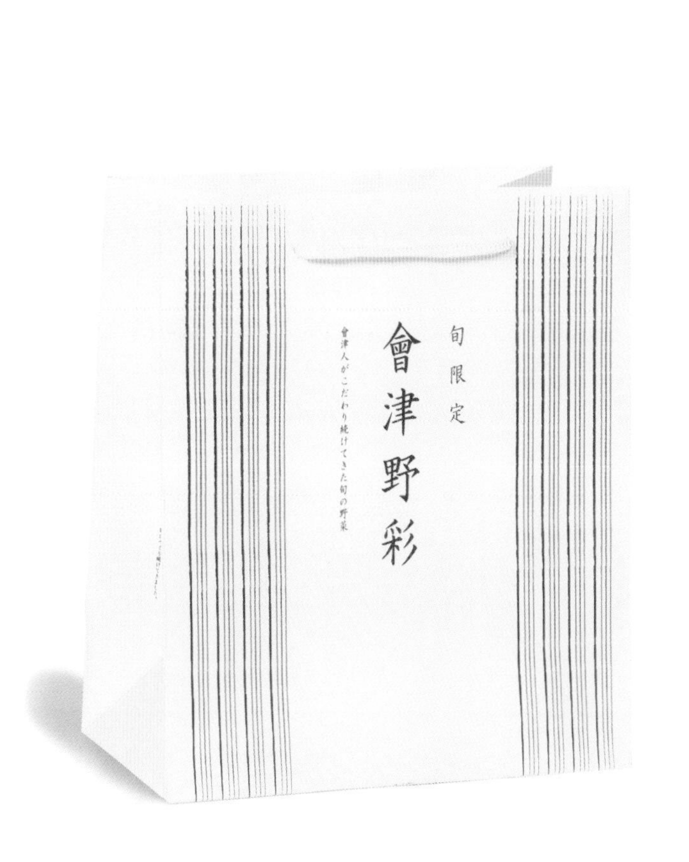

▼会津木綿をパターン化。上品さと素朴さを兼ね備えたデザインを意識。

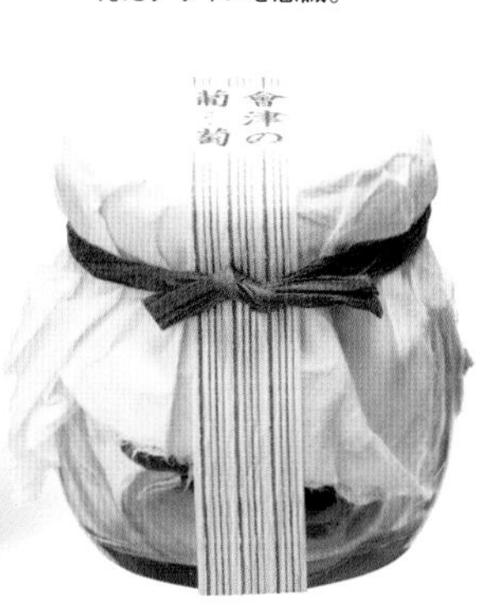

▼季節の野菜の美味しさを感じ取ってもらうよう、お品書き風のリーフレットに。

リーフレット

エコバッグ

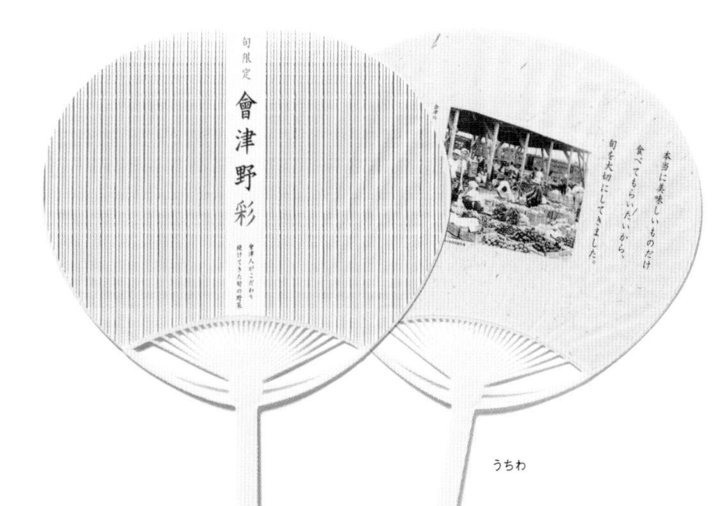

うちわ

旬限定
會津野彩
會津人がこだわり続けてきた旬の野菜

名刺

箱の内側に柄を使い、四季ごとに変化をつけて日本美を訴求

日本茶菓 SANOAH

菓子製造販売　Confectionery Production, Sale

CL, DF, S：タマヤ　AD：池田大輔

Concept

飲み物として日本の食生活に欠かせない日本茶を、「食べる日本茶」として様々なスイーツに仕立てられた「日本茶菓SANOAH」。伝統的な日本茶を現代のライフスタイルに合わせてアプローチした、古くて新しい味が特徴だ。ギフトボックスでは四季を大切にする和の心を表現するため、和柄をモチーフに使用。型押しをしたり、和柄のステッカーを用いることで、凛とした白の美しさを強調。化粧箱の外側はシンプルを心がけ、柄を内側に用いて隠れた部分まで追求する日本人の粋な心と美に対するこだわりを訴求。真田紐で結び、「真心を結ぶ特別なパッケージ」であることを表した。またパッケージは季節によってデザインを変え、消費者に常に新しさを感じてもらう工夫をしている。

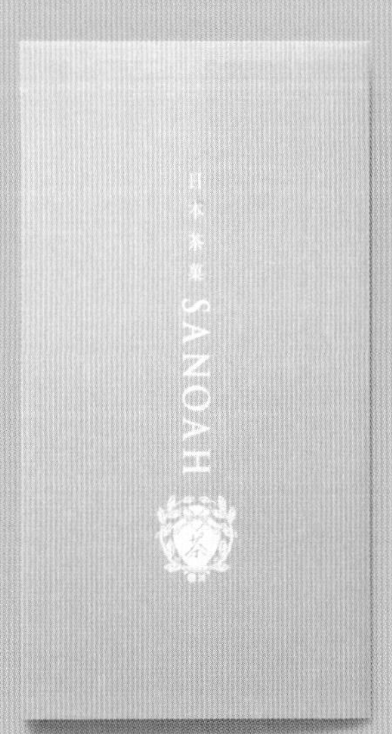

しおり

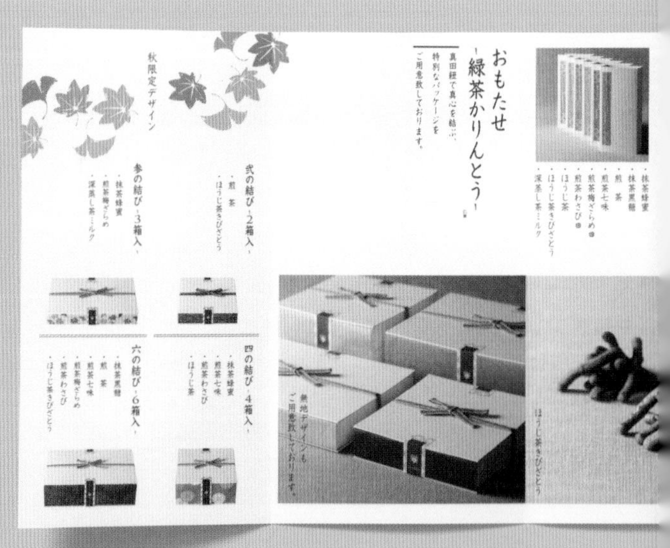

▲ ギフトボックスは側面に和柄を使い、正面は白地にして意外性を狙った。真田紐を結び、高級感をプラス。

化粧箱

▼ ショッピングバッグは上品なベージュ地にマークやロゴを配置。パッケージとは違うデザインに。

手間暇かけた上質な野菜のイメージをツールで的確に表現

Food

Q's CLUB・エビベジ

野菜生産・販売　Vegetable Shop

CL：Q's CLUB 事務局　AD, D：左合ひとみ　D：宇留間能力（WEB）
CW：永松聖子　P：大森恒誠　コーディネーター：神山雅如　プロデューサー：渡辺幸裕
DF, S：左合ひとみデザイン室

Concept

料理人や野菜好きの人たちから絶大な評価を受けている海老原秀正氏が作る野菜、通称「エビベジ」。その海老原氏がリーダーを務める栃木の農家グループによって2011年「Q's CLUB」が誕生した。「Q's CLUB」のブランディングを担当するのはみんな「エビベジ」のファン、というクリエイターたち。そのネーミングは、QUALITY、QUEST、QUESTIONからくるもので、上質な野菜作りを追求する姿勢を意味することから、それを的確に伝えるツール作りを心がけた。ロゴには植物をイメージさせる柔らかな書体を選び、リーフレットにはその質とともにその数90種類以上という品目の多さをアピールするため、限られたスペースに野菜を美しく配するように工夫した。

▲ シールは野菜売り場で映えるようグリーンと白のシンプルな組み合わせで、ロゴを読みやすいように大きめに配置。

リーフレット

表側は生産者、裏側は「Q's CLUB」について表記した名刺。裏側の写真を分割し、並べるとひとつになるように工夫。

名刺

シール

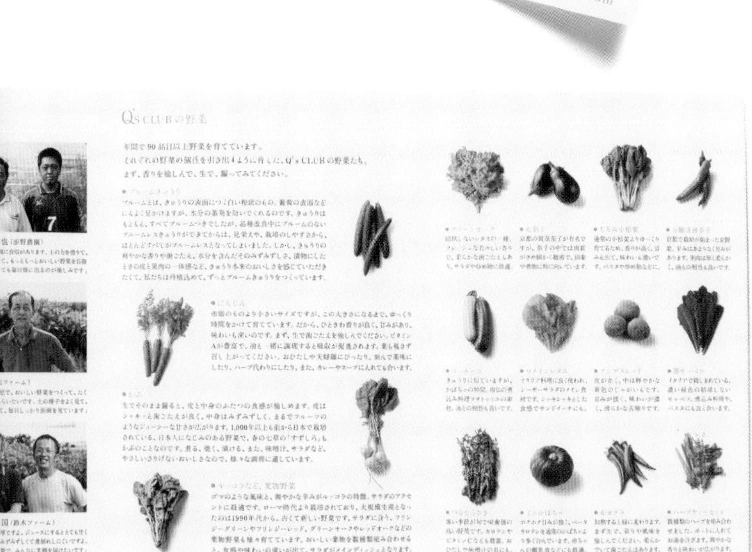

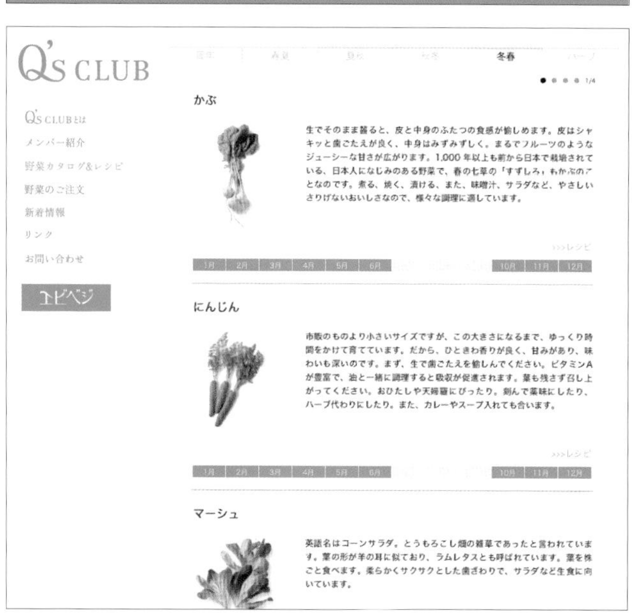

WEBサイト

小さな牧場ならではの
手作り感と素朴さをぶれることなく追求

牧場タカラ

乳製品販売　Dairy Product Sale

CL：牧場タカラ　CD, AD, D, CW, P, I：前田弘志　DF：バナナムーン・スチュディオ

Concept

「牧場タカラ」は家族経営の小さな牧場。そこで販売されるチーズやソフトクリームを始めとする乳製品はどれも素朴でその日にとれた牛乳によって微妙に味も異なる手作り感覚が魅力。そんな商品の特徴をツール制作にも反映し、牧場の象徴である牛のイラストをイメージキャラクターに、身の丈にあった素朴さと手作り感をブランド作りの核としている。また、「大地とともに生きる牧場」というイメージをアースカラーの色帯で表現。穏やかな色彩に商品名、ブランドロゴなどが白抜き文字で爽やかに配されている。商品そのものを生かす必要最小限のパッケージを心がけ、帯をビンやチーズの袋に直接巻きつけ、麻ひもで結ぶなど、どこまでも手作り感を生かした演出となっている。

▲チーズ、ミルクジャムのパッケージ。異なる形状の商品に、色帯を用いてブランドとしての統一感を出した。

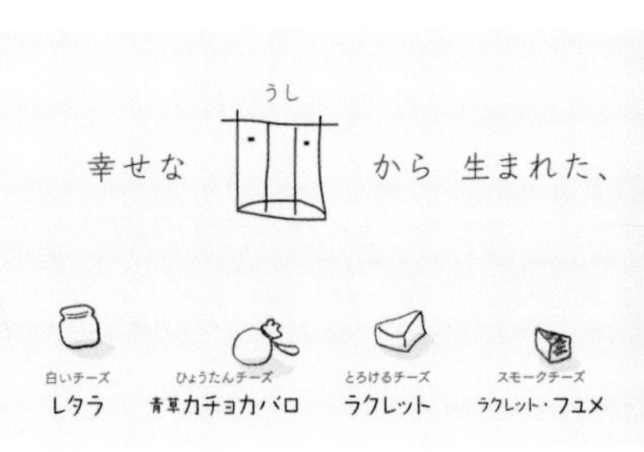

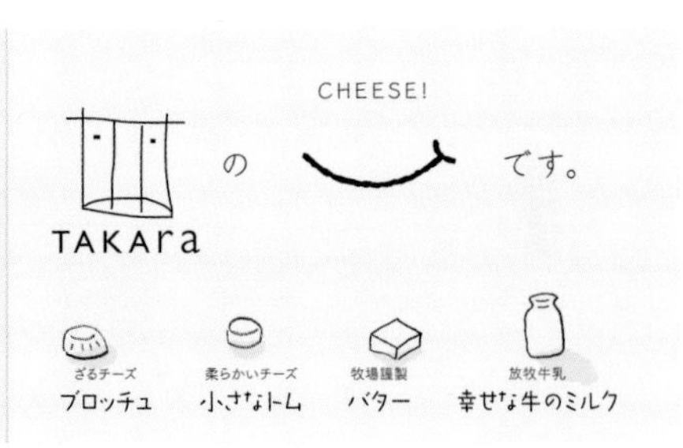

ショップカード

フリーペーパー

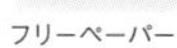

名刺

フリーペーパーの中面。季刊で商品カタログを兼ね、牧場の空気感を伝える内容のA6判の小冊子。

Food

オフィス街の店舗にふさわしい クールなグラフィックで構築

the Pantry ザ・パントリー
スーパーマーケット　Supermarket

CL：the Pantry　AD：堀口秀司　D：深田有希子 / 山本 彩　DF, S：ネイムス

Concept
「the Pantry」では、「毎日の食事をより健康的によりおいしく」をテーマに、新鮮な材料を使ったアットホームな手作りの味を提供している。今回手がけたのは、これまでの店舗展開とは一味違う、都心型として誕生したオフィス街の新店舗のブランディング。OLをメインターゲットとし、オフィス街にもフィットするような、大人っぽくクールなイメージで仕上げた。テーマカラーはグリーンと黒、そして白。ショッパーは線画イラストとロゴのみのシンプルなデザインを心がけ、3色のテーマカラーで構成。ラベルは白とグリーンを基調にして、材料の新鮮さを訴求。また、店内インテリアには木や黒板、モノクロ写真を用い、海外のショップのようなしゃれた雰囲気を醸し出している。

素材の新鮮さを強調するため、ソデのラベルは柔らかみのあるグリーンを主体にカラーリング。

ショップリーフレット

▲ ボトル用と食品用、商品に合わせて形やデザインを変更。

シンプルなロゴマーク&パッケージでお酢のイメージを一新

VISS1882 ビス1882

お酢とドライフルーツの販売　Vinegar & Dried Fruit Shop

CL, S：エムディファクトリー　CD：イトーショータ

Concept

1882年創業の醸造元と共同開発した飲むためのお酢、ビューティービネガーとドライフルーツ・ナッツのショップ「VISS1882」。そのお酢の名が示すとおり健康と美容に敏感な女性たちに訴えかけるパッケージデザインは、おしゃれなナチュラル化粧品を連想させる。すっきりと読みやすい書体のロゴ。パッケージ、ラベル、ボックスなど多くのツールはシンプルにロゴを使用しただけのデザインで、またそのカラーは食品でありながら黒やシルバー、白を多用したことで従来にない新しい魅力を示した。店内は商品が整然と並び、高級感も漂う。自分で楽しむだけでなく贈り物としても喜ばれるようギフトボックス、ギフトバッグも揃えた。

ミニボトル & ポーチ

ビネガー用ボトル

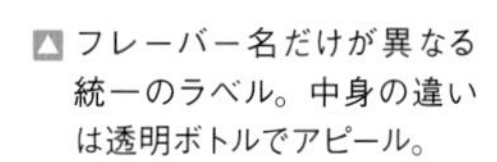

▲ フレーバー名だけが異なる統一のラベル。中身の違いは透明ボトルでアピール。

カタログ

ギフト用ラッピング

ドライフルーツ・ナッツのパッケージ。リボンがついてちょっとしたプレゼントに最適。

ドライフルーツ用パッケージ

Food

認識しやすい「しずく」を採用し天然水らしい青一色で表現

ぞっこん

清涼飲料水の製造販売　Cooling Drinks Production, Sale

CL：ぞっこん四国　CD, AD, D：松本幸二　P：松浦宏一　DF, S：グランドデラックス

Concept

四国カルストで採水される天然水「ぞっこん」は、硬度103の中硬水で、アトピーや便秘、消毒などに効果があるといわれている。そのまま飲んでも、コーヒーなどに使ってもおいしいと評判で、その魅力を伝えるためのブランディングを行った。誰にでも認識しやすいことを第一に考慮し、シンボルマークには「しずく」を採用。フォルムに丸みを持たせて柔らかさを出し、ボトルやボックスの中央に大きくレイアウトした。水の清らかさと冷たさを感じてもらうため、しずくに青を使い、商品名を抜き文字にして構成。また、ポスターやフライヤーは、しずくの他に山脈を線画でシンボリックに表現。商品名を大きく打ち出し、ブランドカラー一色の展開で、モダンな印象に仕上げている。

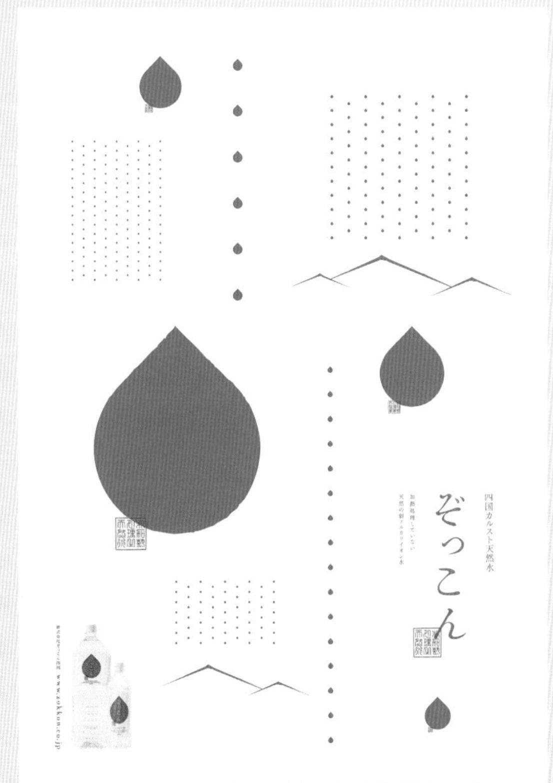

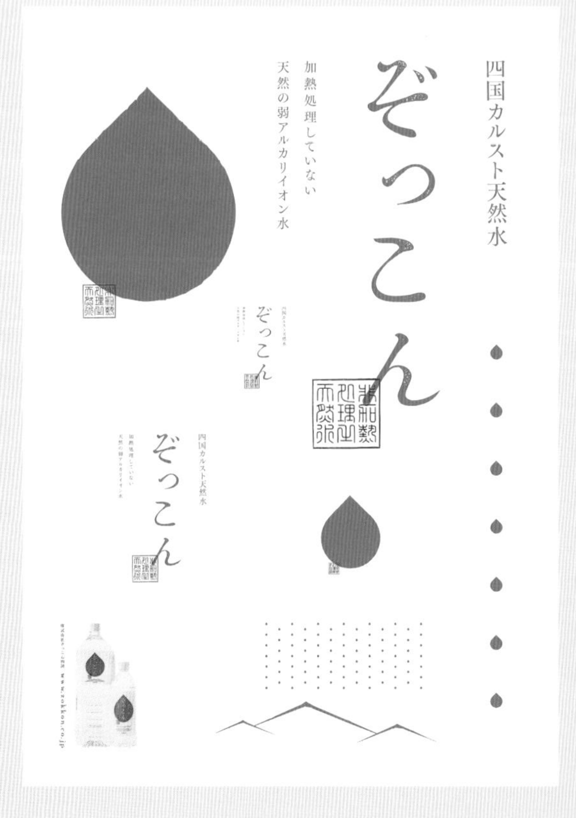

ポスター

しずくと山脈をテーマにし、デザイン違いで数パターン制作。しずくの大きさと並び方で変化をつけた。

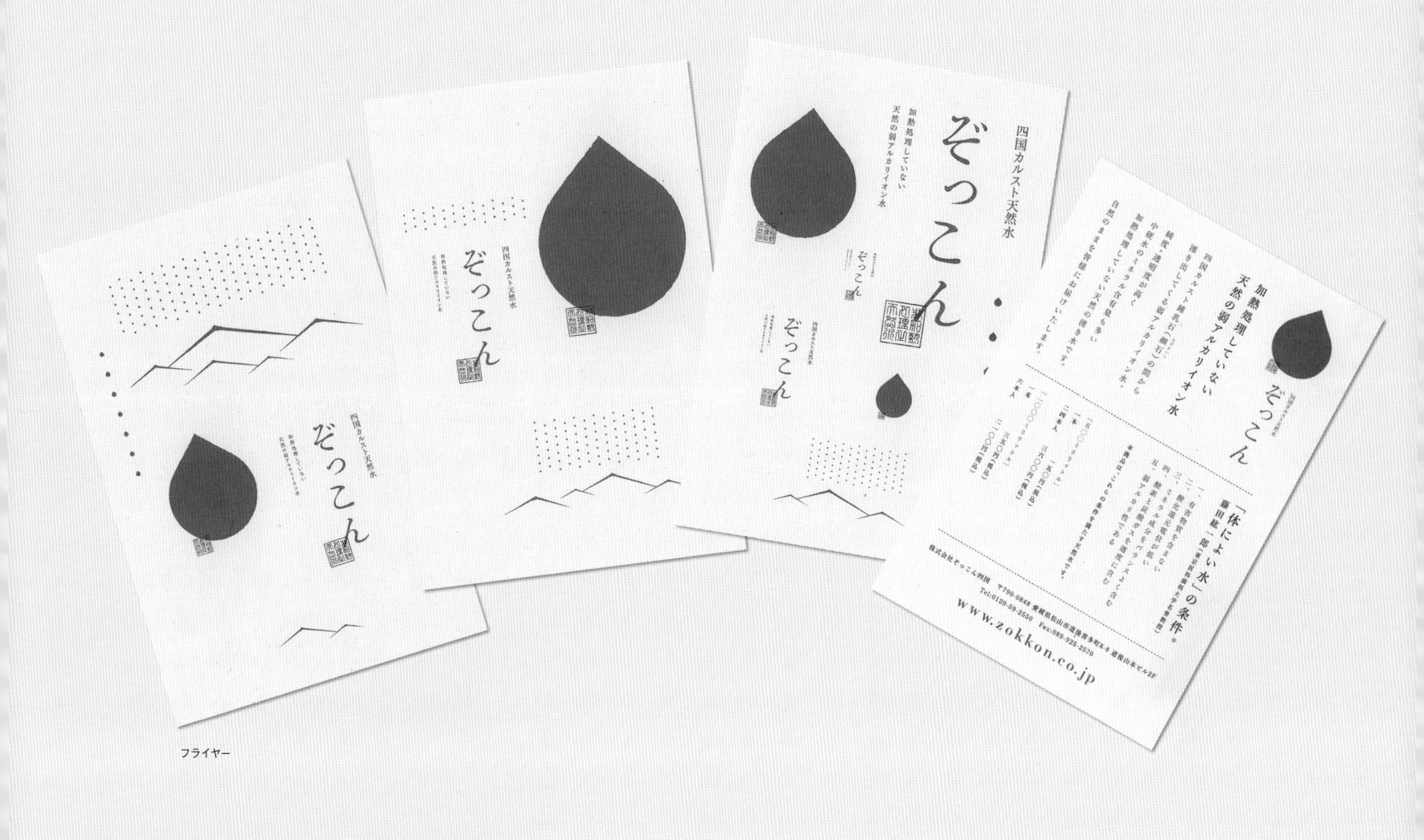

フライヤー

ボトル用のダンボールにはしずくを大きくあしらい、文字を白抜きに。ひと目で認識できることを狙った。

のどかな岡山の自然を全面にアピールした農園のブランディング

NONOHANA FARM 野の花農園

農園　Farm

CL：野の花農園　D, CW：田中雄一郎　P：田中園子　DF, S：クオデザインスタイル

Concept

皮まで食べられて種のないぶどうで知られる〝桃太郎ぶどう〞や〝シャインマスカット〞を中心に生産している「野の花農園」。食の安全が問われる今、どのような環境、風土で商品が作られているのかを表示し、消費者に新鮮さやおいしさとともに安全を伝えるのは重要なポイントとなっている。全国に出荷されるぶどう箱のパッケージでは地図やキャッチコピーで岡山県産を強調。「晴れて美味しい」というキャッチコピーには〝晴れの国岡山〞と世間に認められる、世に出るという〝晴れて〞の意味を込めた。カタログ、ポスターなど各種ツールにも産地の風景を用いてのどかな田園の心地よさ、豊かさを伝えるようデザインした。

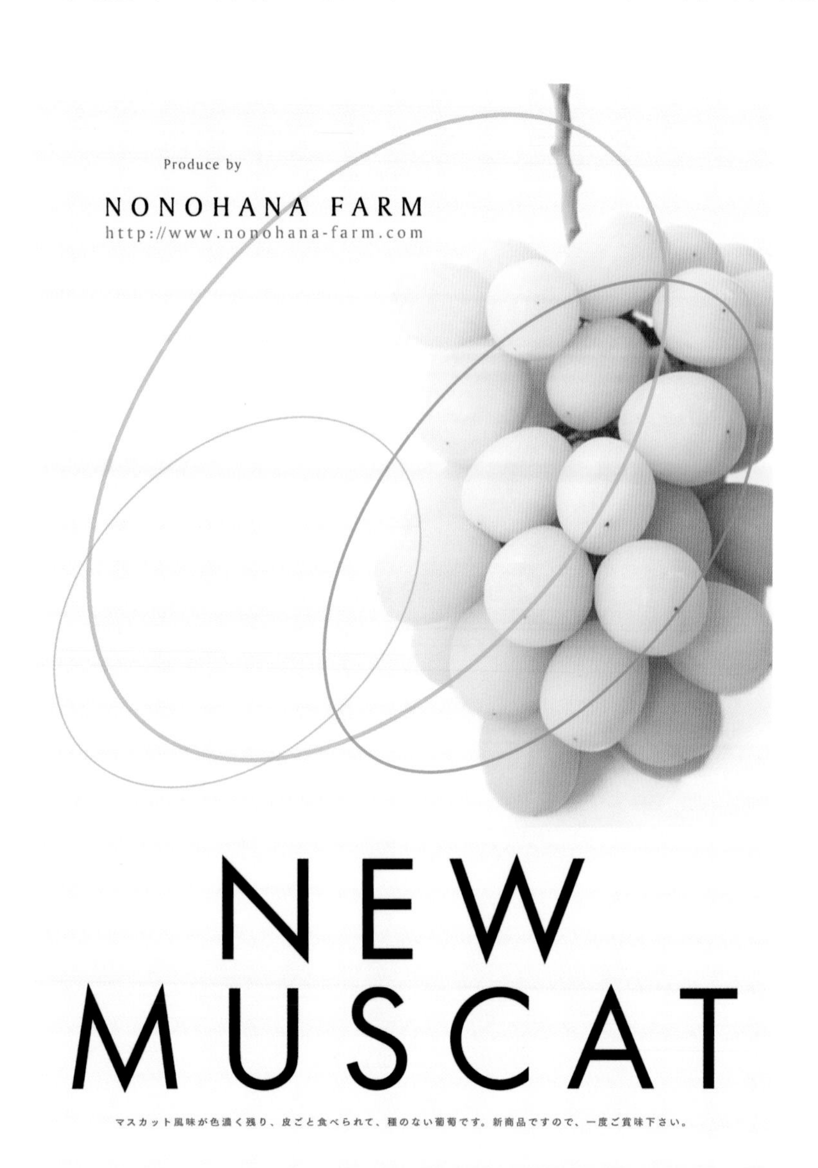

ポスター

フライヤー

パンフレット

▲ ぶどうの瑞々しさ、岡山の自然の素晴らしさや安全性をストレートに表現。

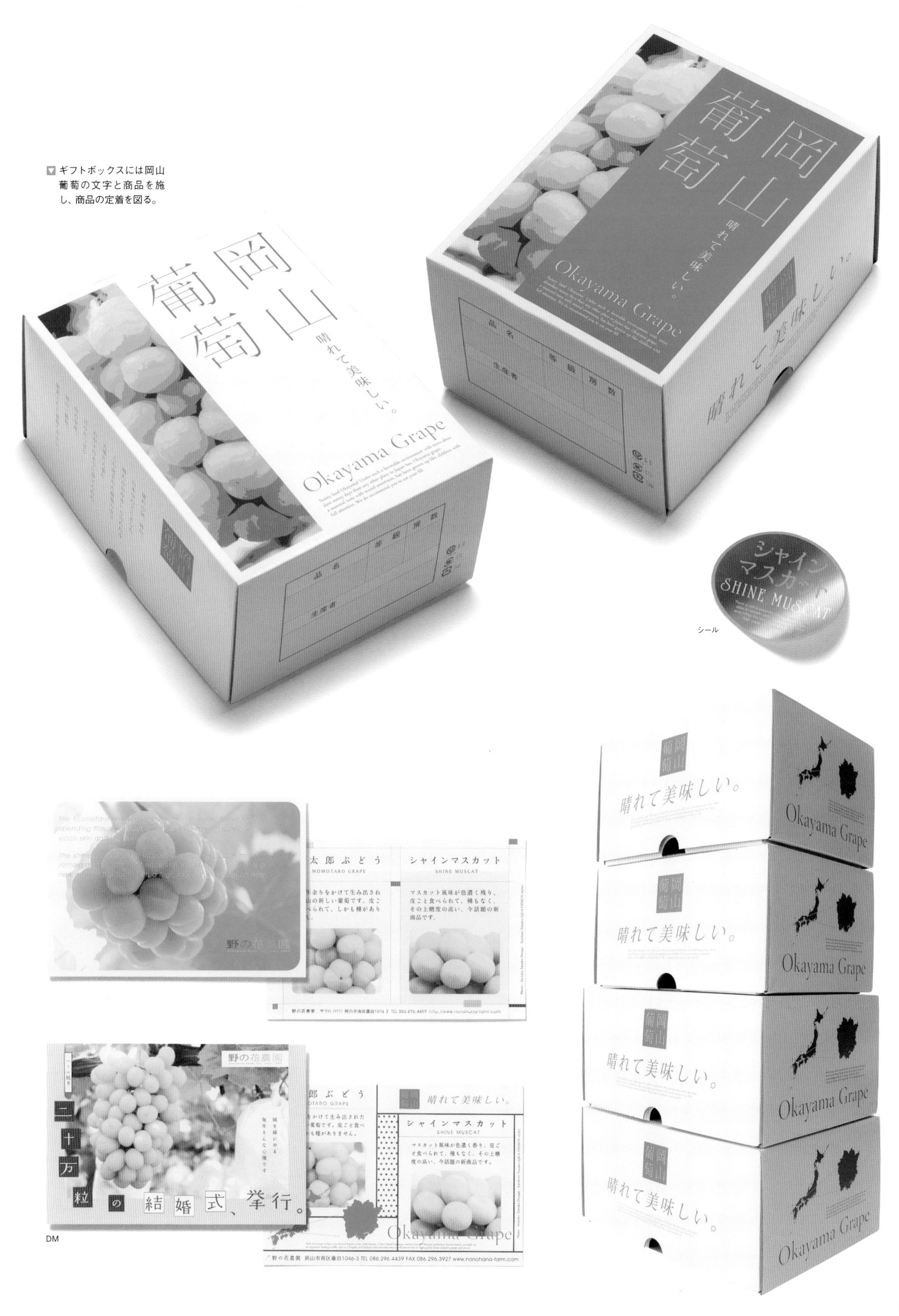

ギフトボックスには岡山葡萄の文字と商品を施し、商品の定着を図る。

シール

DM

Food

東三河地方の地場産業を盛り上げ ブランド力を高めるデザイン

三河つくだ煮

食品販売　Food Shop

CL：三河つくだ煮ブランディング推進委員会　AD：共田慎性　CW：伊藤亜希
D：鈴木雅之 / 中川裕樹　P：スタジオ D ルート　DF, S：エクスラージ

Concept

愛知県の東に位置する東三河地方の地場産業として発展してきた「三河つくだ煮」の知名度をアップさせようと立ち上がった“三河つくだ煮ブランディング推進委員会”。ひとつひとつは、真面目につくだ煮を作り続ける小さな商店が、「三河つくだ煮」というブランドの名のもとに結集。パッケージ、ショッピングバッグなど、すべてにロゴデザインを用いて「三河つくだ煮」のブランドイメージを確立。ロゴマークはつくだ煮と三河の地にゆかりのある徳川家の“葵の紋”からイメージしたオリジナルの紋に加え、赤い丸は日の丸をモチーフにしている。ジャパンブランドとして日本各地へ、そして世界へと発信しようというコンセプトから生まれたもの。

三河の巧いが、
日本のうまい。

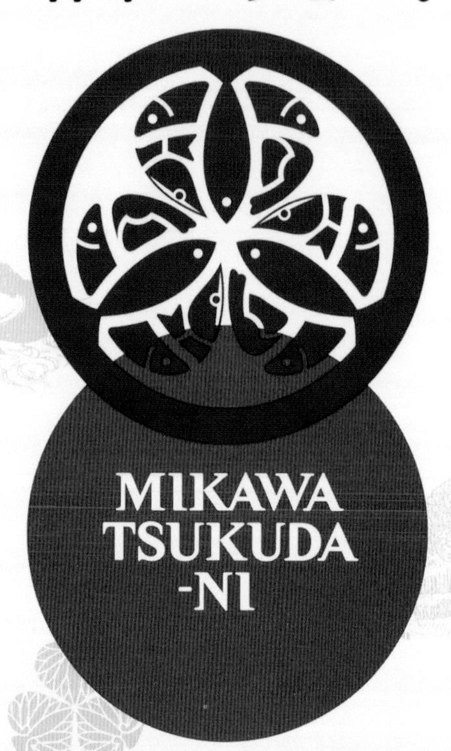

三河つくだ煮

東西の食文化が融合する日本列島のど真ん中。
海の恵みと、匠の技と、歴史の流れがかもしだす滋味。豊橋は三河つくだ煮の美味なる故郷。

MIKAWA

三河つくだ煮ブランディング推進委員会 http://www.mikawa-tsukudani.jp
事務局［豊橋商工会議所内］〒440-8508 愛知県豊橋市花田町字石塚42-1 TEL0532-53-7211 FAX0532-53-7210

ポスター

リーフレット

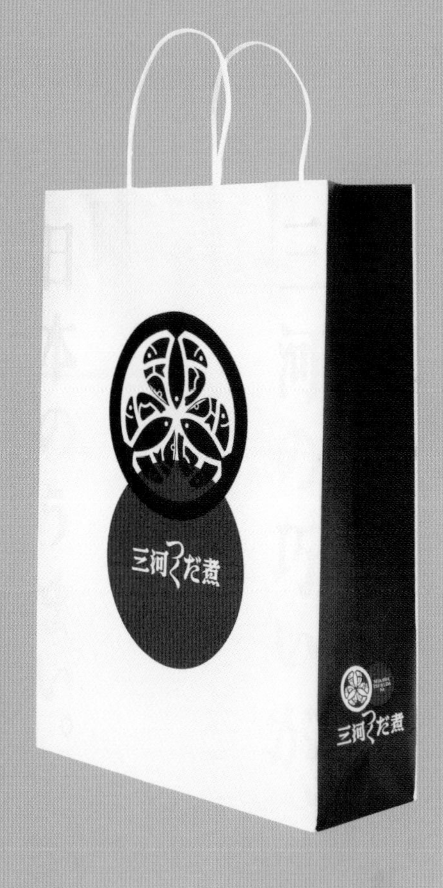

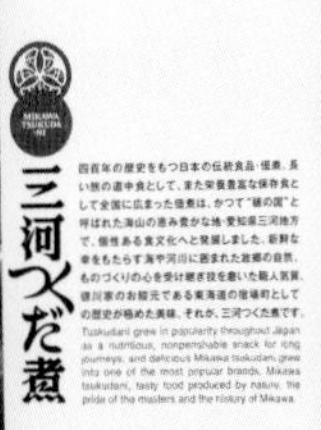

帆前掛け

はっぴ

▶三河つくだ煮

▶ギフトボックス。落ちついたトーンの色でまとめることで高級感をプラスした。

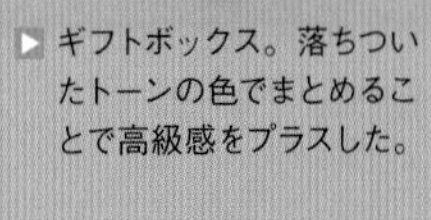

▶ギフト用パッケージ。箱に4つを詰めるとキャッチフレーズが揃う、ギフトボックスならではのしかけも効果的。現在は販売終了。

◀パッケージ。ロゴマークの赤い丸をくり抜き商品を見せる小窓に。

Living
リビング

ロマンティックなアンティーク調のツールで特別感をアピール

SABON サボン

バス＆ボディコスメの販売　Cosmetics Store

CL, S：サボン ジャパン

Concept

「SABON」はイスラエル生まれのボディケア＆バスプロダクト。その始まりは、伝統的な製法によるハンドメイドソープを量り売りする小さなショップだった。世界中で使用され、製品が増えた今でもハンドメイドへのこだわりを忘れず、その精神は商品パッケージ、店舗作りにも貫かれている。"古き良き時代""手作りの温かさ"をイメージしたアンティーク調のカタログや手書き風ラベル。そしてその製品を使うことでラグジュアリーな雰囲気に包まれ、満ち足りた時間を過ごしてほしいという特別感を演出した。

ギフトボックス

◀ トラベル用や紳士用などシーンに合わせたデザインがポイント。

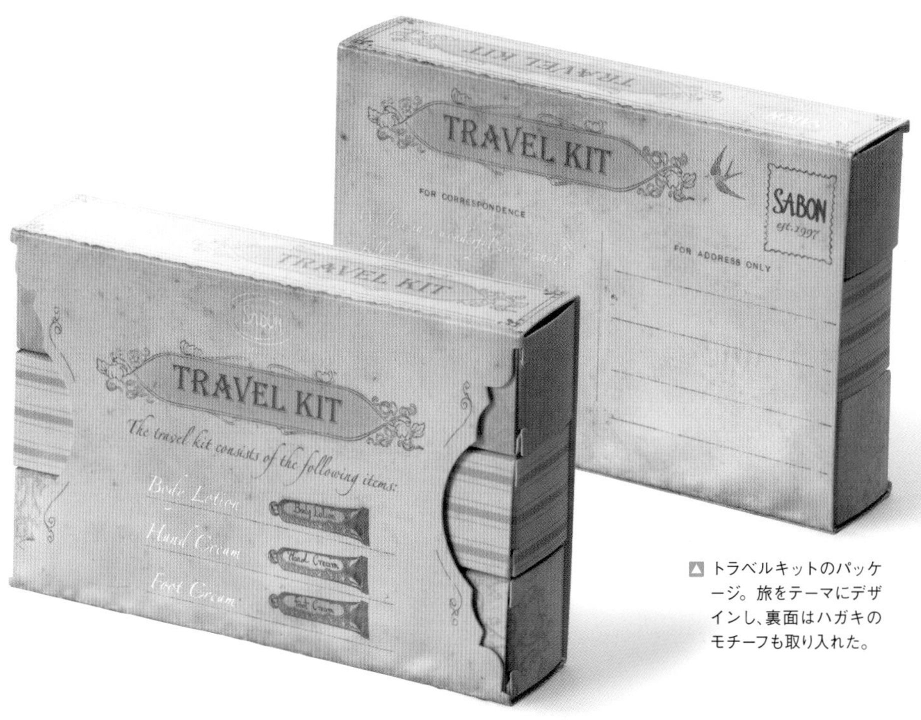

▲ トラベルキットのパッケージ。旅をテーマにデザインし、裏面はハガキのモチーフも取り入れた。

▶ SABON

アロマのパッケージ

外箱と同じ柄のラベルを貼り、それぞれの香りを視覚的にも表現。金で施された文字が高級感を添える。

ショップカード

ラッピング

ラッピング

Organic cosmetics
全ての自然の恵みをあなたのもとに

The French ECOCERT® standard for organic cosmetics
ECOCERT® が定める、オーガニックコスメの認定基準

オーガニックラインの製品カタログ

▲ プロダクトに合わせてシーズンごとにデザインされるギフトボックス。

リーフレット

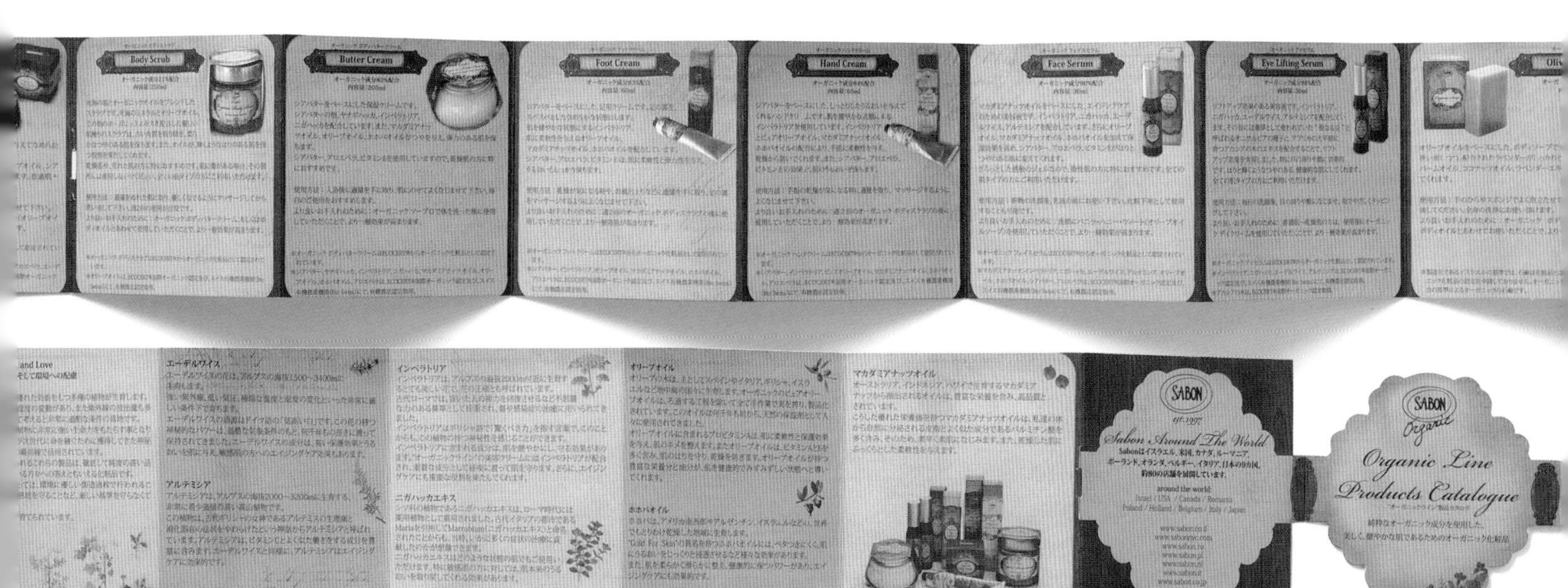

エアメール＆小包をテーマに 手作り感覚でショップツールを制作

AUX PARADIS オゥパラディ

香水・コスメ販売　Cosmetics Store

CL, S：エストインターナショナル　CD：吉里謙一　AD, D, I：飯塚有紀子
P：藤原 康利　DF：cmyk （シーエムワイケー）

Concept

ショップコンセプトは「世界中の美しい場所から届いた、優れた素材と製品をお届けする香りとコスメのショップ」。そこから、ツールのテーマを「世界中の美しい場所から届いたエアメール＆小包」とし、切手をモチーフにしたシールや、麻ひも、荷札、スタンプなどを用いることでその世界観を具現化している。また商品にロバのミルクを使用した石けんがあることから、癒し系のキャラクターとしてロバのイラストを作成。フレンチアルプスのロバたちを撮影した写真をポストカード、DMに使用するなどロバをショップのイメージキャラクターとしている。ツール制作にあたり、各分野のデザイナーが定期的に集まり、「オゥパラディ」というブランドに愛情を持ち、手作り感覚で物作りを進めているのも大きな特徴だ。

プロダクトに合わせてシーズンごとにデザインされる店内。

再生紙を使用した石けん用パッケージ

アイスクリームカップ＆木のスプーンのパッケージ

▼ アルミ缶にシールを貼ったただけのハンドクリーム用パッケージ。

ギフト用ラッピング

商品ラッピング

商品ラッピング

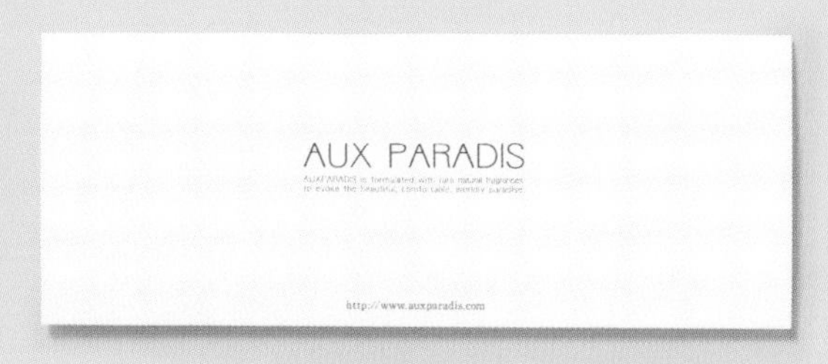

楽園からの贈り物

Eau de Parfum

Hand Cream

Argan oil

Savon au lait d'ânesse

リーフレット

ペーパーバッグ

シール

ポストカード

新しい花火の楽しみ方を デザインコンセプトに託す

Fireworks ファイヤーワークス

花火製造 Fireworks Production

CL：method CD：村上純司（method） AD, D：加藤智啓（EDING:POST）
P：高島啓行 プロデュース：山田 遊（method） 協力：山縣商店
S：method & EDING:POST

Concept

コンビニエンスストアやスーパーなどで、セット売りされている花火が主流になっている今。普段あまり目にしないような家庭用の花火を、あえてバラ売りすることで、1本の花火をじっくり楽しんでもらいたいと考えて生まれたのがこの商品だ。ツールデザインにおいても、新しい花火の楽しみかたを提案したいと考えた。1本ずつそれぞれの個性を出すため、消費者が実際に花火を楽しむ場面や情景を想定し、それにふさわしいデザインを訴求。パッケージは、外側からもカラフルな色の花火が透けて見えることを意識して、半透明の紙を採用している。ボックスにはシンプルなグレーの箱にロゴのみの白のラベルを貼り、色とりどりの花火本体とは対照的なイメージに設計した。

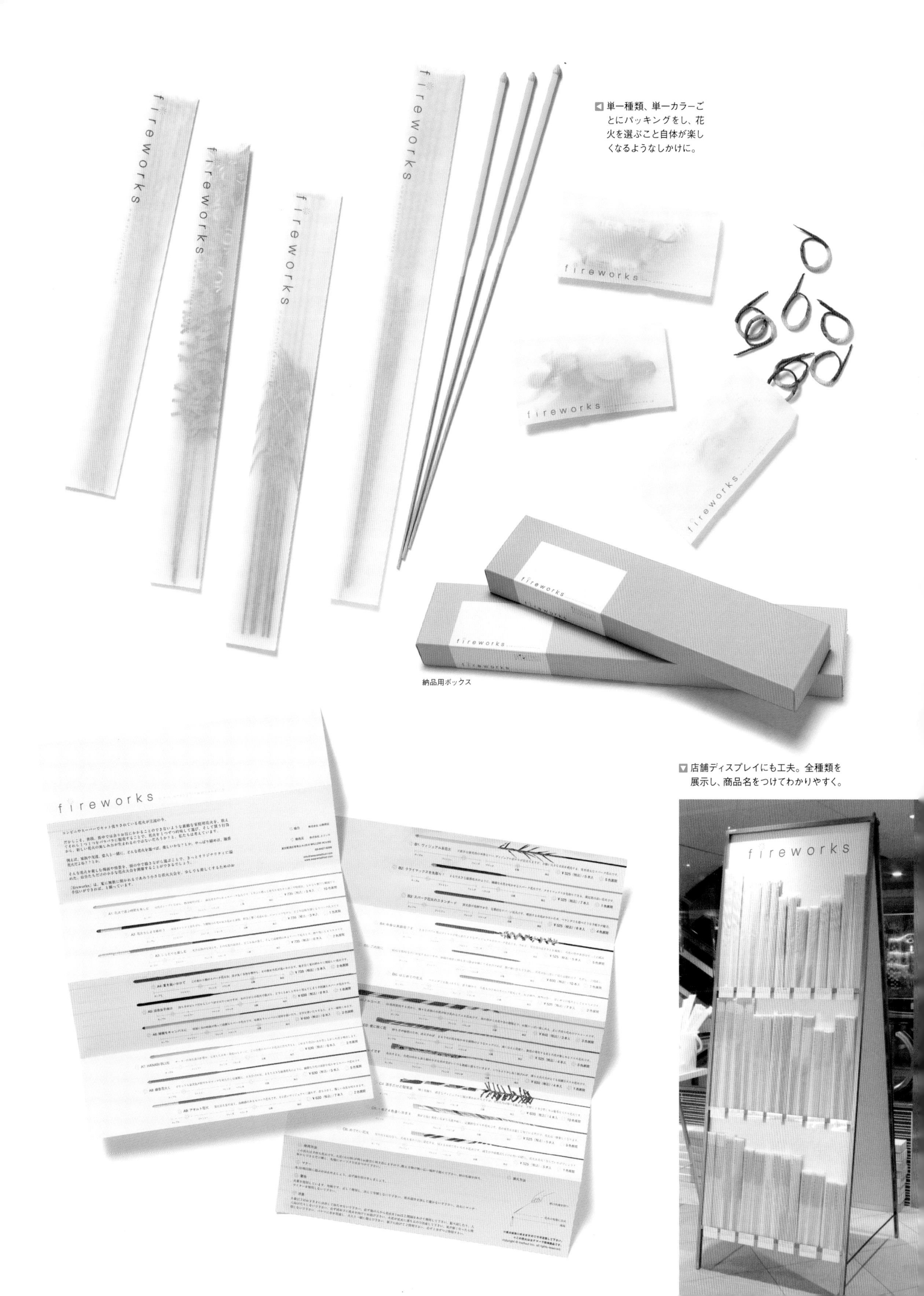

◀ 単一種類、単一カラーごとにパッキングをし、花火を選ぶこと自体が楽しくなるようなしかけに。

納品用ボックス

▼ 店舗ディスプレイにも工夫。全種類を展示し、商品名をつけてわかりやすく。

ふんだんに使われている天然ハーブを グラフィックで表現

Ruam Ruam ルアンルアン

リラクゼーションサロン　Relaxation Salon

CD, S：ボックスグループ　SPA事業グループ　D（ポットパッケージ&スティック）：手槌りか / 山田悦代　D（ポットデザイン）：阿武優吉（アンノデザインオフィス）
DF：プロペラデザイン（ポットパッケージ&スティック）/ アンノデザインオフィス（ポットデザイン）

Concept

タイの美容文化をベースにしたリフレクソロジー&コスメブランド&リラクゼーションサロン「ルアンルアン」。そのパッケージには製品にたくさん含まれている天然ハーブをグラフィックで明確に表現した。タイ古代ハーブの生せっけんは自宅で使うポットと携帯用スティックタイプの2種類。ポットは自然派化粧品のナチュラルなイメージと洗面台を引き立てるようなデザインを心がけ、紙のボックスも開いた状態でポットに見えるような形状を作った。中の陶器同様こちらも再利用を促す工夫を行った。また携帯用には軟らかな石けんをどこにでも持ち運べるように、のりのパッケージ構造を採用。フレッシュな植物を描き、感覚的に香りを伝える色味、ラベンダー＝紫などの着色を施した。

パッケージ

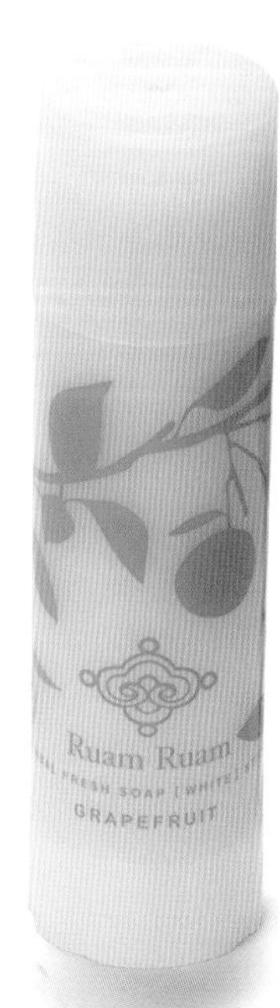

◀ のりのパッケージ構造を利用した携帯用石けんのパッケージ。筒状の外箱を付けた。

△詰め替え用石けんのパッケージにも、植物のイラストを配し、統一感を持たせた。

外箱

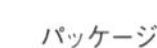

パッケージ

リーフレット

カタログ

旅のシーンを6パターンに分け 気分を高揚させる明快な作りに

無印良品

衣服・雑貨・家具・食品の製造販売
Production Sale of Clothes, Miscellaneous Goods, Furniture, Food

CL：良品計画　AD, D：大黒大悟　CW：蓮見 亮　P：伊藤彰浩
DF, S：日本デザインセンター

Concept

暮らし全般の商品を扱う「良品計画」。そのキャンペーン「MUJI to GO」では、世界共通のビジュアルとして、ショップツールを始め、店内POPや広告にいたるまで広範囲にわたって制作。今回のキャンペーンテーマは「旅」。「旅の準備に」「機内で」「仕事の旅で」「旅のお供に」「ホテルで」「旅の締めくくりに」という6つのシーンに分類し、旅の始まりから終わりまでをフォローする、豊富な商品ラインナップをわかりやすく訴求した。心がけたのは、パスポートにスタンプが押され、旅の気分が高揚する情景を思い浮かべながら、思わず「旅」に出たくなるような明快なグラフィック。それを具現化する一例として、カタログをパスポートサイズで作成。実際のパスポートを彷彿とさせる、えんじ色と紺色で2パターン用意した。

メインビジュアル（広告、ポスター、バナー、WEBなどに展開）

▶無印良品

ポスター

POP

◁スタンプのグラフィックがあしらわれた、オリジナルトートバッグ。店頭で購入することもできる。

MUJI to Go コットントート

▷実際に空港で使われているカート。スタンプの印象が旅の気分を盛り上げている。

4輪ハードキャリー

お好みの高さでコロコロと。

ハンドルがお好みの高さに調整可能です。上面は荷物が載せやすい
フラット形状。側面はベルトがピッタリはまり、ずれにくい凹凸形状です。

56L 税込15,000円

画用紙絵本ノート

楽しかった思い出を、楽しい本に。

写真を保管できるのは、アルバムだけではありません。写真を貼ってイラストや
コメントを書けるこのノートを使って、世界で一冊の本をつくりませんか。

大 630円／中 420円／小 315円

トラベル用ヘアドライヤー

STAY & RELAX
HOTEL

泊まり先にあるかな?と不安なら。

出張や旅行時の携帯に便利なトラベル用ドライヤー。電圧切替スイッチや
プラグアダプター(C2)がついているので、海外でも使用可能です。

税込2,900円

決めておくと安心、「貴重品はココへ」。

パスポートやカード、貴重品類を、まとめて携帯できるケース。航空券を折らずに
入れられるサイズです。「大事なものはココへ」と決めておけば探す時に困りません。

黒 税込1,050円

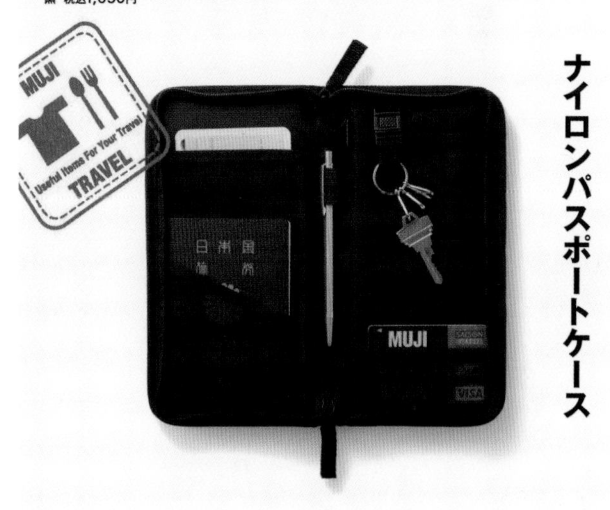

ナイロンパスポートケース

店頭POP

▲商品の説明POP。様々な商品写真に6カテゴリーのスタンプを押していくことで、商品のポイントが明快になるようにディレクションしている。

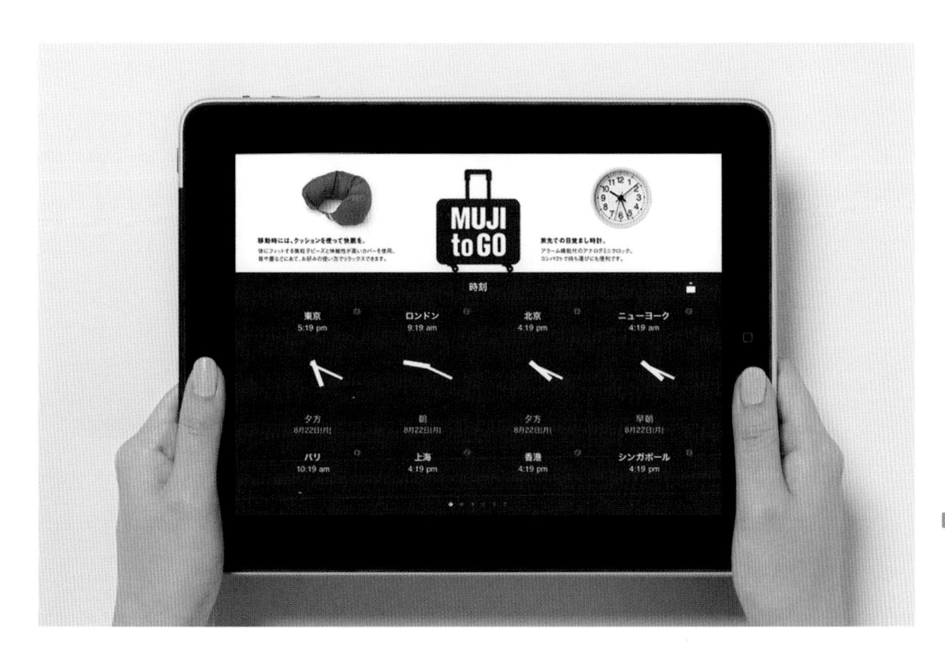

◀無印良品の公式iPadアプリ「MUJI to GO」とも連動しており、旅に便利な商品紹介を始め、世界の時刻やプラグ形状、為替情報など、旅にまつわる様々な情報を楽しみながら調べることができる。

Living

旅気分を盛り上げ、期待感をあおるカラーやデザインを目指す

Travel Shop Gate トラベルショップゲート

トラベルグッズ販売　Travel Goods Sale

CL, S：イデアインターナショナル　CD：得能正人　D：増馬由佳　CW：山下 薫
メッセンジャーバッグ プロダクトデザイナー：田嶌一徳

Concept

「Travel Shop Gate」は、旅を切り口に商品を構成しているトラベルグッズのセレクトショップ。旅に欠かせない定番品からオリジナル商品まで、旅のスペシャリストが厳選したアイテムを取り扱っている。店作りの裏コンセプトは「ハイテンション・トラベルショップ」。楽しい旅を提案するセレクトショップにふさわしく、ショッピングバッグやリーフレット、ポスターには航空機が離陸する際の迫力あるイメージを用いて、顧客の期待感をあおるしかけに。裏側にショップ情報を印字した告知用のステッカーは、トランクやノートに貼って旅気分を盛り上げるツールとして作成。店内での商品展示に使用するパスポートや航空券などはカラフルに仕上げ、ディスプレイしたときに華やかさを添えるツールであることを目指した。

店頭ポスター

◁ 航空機が離陸する直前の写真を全面に用い、迫力のある紙面と旅のワクワク感を演出。

▲ ビビッドなピンクと黒で目を引くツールに。

マグカップ

ギフトボックス

▲ 写真をあえてはみ出させることで、旅のイメージを広げている。

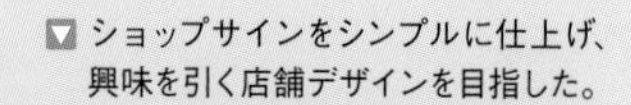
▼ ショップサインをシンプルに仕上げ、興味を引く店舗デザインを目指した。

▶Travel Shop Gate

トラベルブランド「milesto」商品カタログ

オープン告知リーフレット

ページを広げるほど旅への期待感が増すよう、リーフレットはジャバラ式にして制作。

ステッカー型
ショップカード

ミックスカルチャーを包括する正統派のロゴデザイン&ツール

ORION PAPYRUS オリオン パピルス

書店　Bookstore

CL, S：オリオン書房　AD：土井宏明　D：五十川健一　DF：ポジトロン

Concept

2011年6月にオープンしたセレクトブックショップ「オリオン パピルス」。ここは"毎日の暮らしの中の本とその周辺にあるもの"をテーマに、文房具、雑貨、CDなどを本と同じ空間にディスプレイした新しいスタイルの書店。小さな出版社の本コーナーや活版印刷のワークショップなど、他の書店とは一線を画す。そんなたくさんの個性や魅力のある空間すべてを包括するような正調で由緒正しいロゴタイプをデザインした。ブックカバーなどのツールにおいても王道感を損なわないように気をつけながら、ロゴのパーツに大小をつけたり、図形のようにとらえて並べるなど、メリハリとおもしろみのあるデザインを心がけた。

しおり

▼ロゴを空間に配置し、書店のイメージを一新した店内。

Photo：石川 元

ハーブが持つ強さやたくましさを色彩とビジュアルに託す

生活の木 Herbedure

スキンケアブランド　Skin Care Brand

CL：生活の木　CD：藤原祐介　D：石井 文　S：ヘルメス

Concept

「Herbedure」のHerbeはハーブ、Dureeは持続を表す言葉。ここから名付けられた、オーガニックスキンケアブランドのブランディングとして着手。様々なハーブ成分で生成されている「Herbedure」は、オーガニック商品であるものの、効果や効能を重視した実力派であることを訴求。このことをわかりやすく伝えるために、自然の優しさのみにとどまらず、ハーブのたくましさや強さ、そして凝縮された特性を色彩とビジュアルで表現した。パッケージデザインにおいては、効果や効能を感じさせる遮光瓶の要素を取り入れつつ、化粧品ならではの安心感と上品さを重視した。箱やショッパーはハーブを引き立たせるホワイトをベースに使用し、ナチュラル感、やさしさを表現。ベーシックラインは茶でまとめ、リッチラインはホワイトとシルバーでまとめた。

ポスター

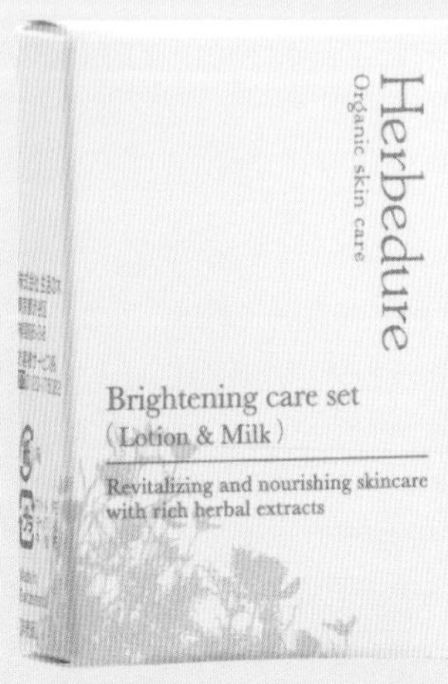

サンプル用ミニボトル

サンプル用パウチ

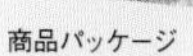
商品パッケージ

◀ ホワイトとシルバーで高級感を演出しつつブライトニングケアであることを伝える。

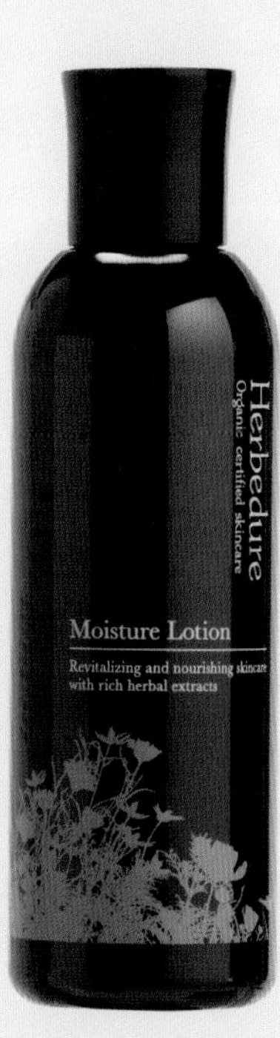

◀ 遮光瓶の要素を取り入れ効果・効能感を演出。

◀ 商品ごとにメイン成分となるハーブを用い、画像をイラスト調に表現。商品名はシンプルに英字で表示した。

▶ メインヴィジュアルのショッパーを制作しブランドを訴求。

ブックカフェならではの遊び心のある ロゴデザインでツールを展開

PAPER WALL / PAPER WALL CAFE

ペーパーウォール / ペーパーウォール・カフェ

書店・カフェ　Bookstore & Café

CL, S：オリオン書房　AD：土井宏明　D：五十川健一　DF：ポジトロン

Concept

カフェが併設された書店「ペーパーウォール&ペーパーウォールカフェ」。そのネーミングをシンプルなロゴデザインに落とし込んだ。書店である「ペーパーウォール」のロゴに配された横向きの台形は単体だと紙のシルエットに見え、ふたつ並べると広げた本や壁に見える。そして「ペーパーウォールカフェ」のロゴでは台形を90度回転させ、単体で配置し、カップを表現。それぞれのショップツールもこのロゴを単調にならないように色や並べ方に変化を加えながら用いた。カフェのギフトボックスには、書籍をイメージさせるブック型のケースを採用するなど、大人の遊び心が加えられたツールデザインは男女を問わず好感の持てるものに仕上がった。

ブックカバー

しおり

ブックカバー、しおりにロゴを配置。茶色をベースに展開した。

ギフトボックス

焼き菓子用のギフトボックスとして書籍タイプの箱を使用。※現在は販売終了。

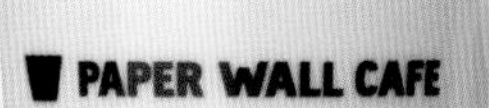

Photo：石川 元

「ブック型」や「牛乳パック型」で新たな園芸ブランドを追求

green supermarket グリーンスーパーマーケット

園芸　Gardening

CL：明和工業　CD, AD, D：シラスノリユキ　D：サトウトオル / 木谷 史 / 折本昌栄 / 竹林一茂　P：阿部良寛　I：ハラアツシ / サタシュンスケ　CW：シラスアキコ
DF, S：カラー

Concept

「green supermarket」は、これまでの園芸の楽しみ方、園芸との出会いの場を新しく変えて、人とグリーンの素敵な関係を作っていくグリーン生活提案ブランド。このブランドデビューに伴い、すべてのツールを新たに作成。より効率のよい訴求効果を実現するために、POPなどにはすべて「g」のマークをシンボリックに配置した。デビュー時に発売された商品については、従来のいわゆる「プランター」などのイメージを払拭させるべく、新たなイメージ確立を目指した。結果、消費者が親しみやすい「ブック型」や「牛乳パック型」フォルムのデザインとし、パッケージとしても新しいガーデニングブランドを追求。手に取ったときの驚きや新鮮さ、身近さを感じてもらえるようなアピール方法を狙った。

△ 開くと絵が飛び出すポップアップ絵本のイメージで制作。植物が育つとストーリーが完成するようになっている。

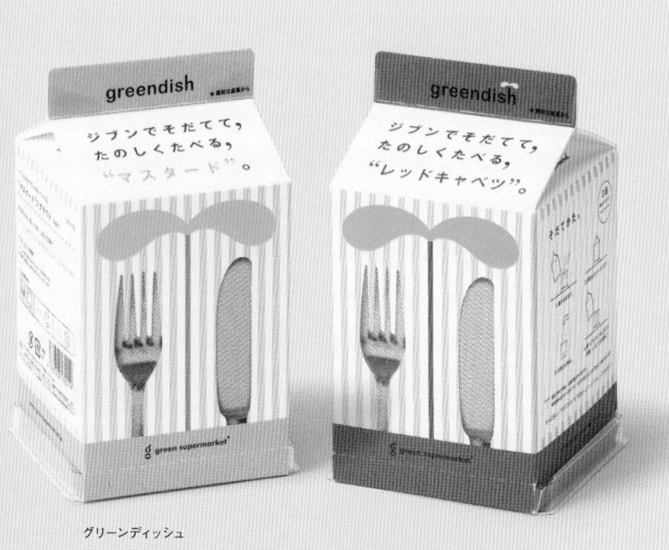

グリーンディッシュ

グリーンストーリー

リーフレット

「g」と「芽」を象徴的に
レイアウト。視覚的な
インパクトを狙った。

名刺

カタログ

母の日をテーマに、イベント感とトレンドを重視してツール展開

花弘

フラワーショップ　Flower Shop

CL：花弘　CD：有澤眞太郎　AD, D：澤井裕明　P：黒部 徹　CW：宮田知江
DF, S：ヘルベチカ

Concept

切り花から鉢物まで、多種多様なフラワー＆グリーンを取り扱う「花弘」。季節やイベントに合わせ、毎回様々な提案をしており、今回は「母の日」をテーマにツールを制作。三角形に開く個性的なショッピングバッグを始め、ディスプレイボックス、バナーなどでイベント感を盛り上げている。商品カタログは手に取ってもらえることを念頭に置き制作、表紙を花の形に型抜きをした。消費者の興味を喚起するのはもちろん、楽しく読んでもらえることを狙いとしている。型抜きと同じ花のモチーフをタグにも反映。また、テーマカラーにはくっきりとしたピンクを採用。ターゲットである女性に好まれ、なおかつ上品な色合いに仕上げた。

ブーケが崩れないよう、ショッピングバッグを三角形に。ターゲットの心に響く写真を全面に採用。

タグ

バナー

ディスプレイボックス

ディスプレイボックスは季節によって使いまわせることを配慮し、差し込み式に設計。

軽やかに蝶が舞うような ロゴデザインをシンプルに展開

uka ウカ

トータルビューティサロン・化粧品販売
Beauty Salon・Cosmetic Sale

CL, S：向原　AD, D：高田 唯　D（パッケージ）：市川智美 / 上田真未
D（リーフレット、カタログ、ネイルファイル）：佐野 聡　I：高桑佳奈（リーフレット）
DF：ALL RIGHT GRAPHICS / 向原

Concept

「uka」はヘア・ネイル・エステ・ヘッドスパ・化粧品販売が揃うトータルビューティサロン。「うれしいことが世界で一番多いお店」をコンセプトにさなぎから蝶に変化するように、女性が美しく飛び立つための場所になりたいとの思いから、羽化＝ukaとネーミングされた。ブランドロゴは蝶をイメージし、「uka」の前身である「EXCeL」の“E”とビューティの“B”を合わせてデザイン。「uka」のオリジナル商品であるネイルオイルは従来品のパッケージとは異なるスティックタイプを採用。外箱も筒状で、ロゴマークをシンプルにデザインし、上ぶたを開けると中にはそれぞれの香りをイメージした植物や花の写真が現れるなど、変身を感じさせるしかけをデザインに取り入れた。

▲ネイルオイルのパッケージ。商品名は7：15（ナナイチゴ）などの時間。時間に合う香りつきのオイルが特徴。

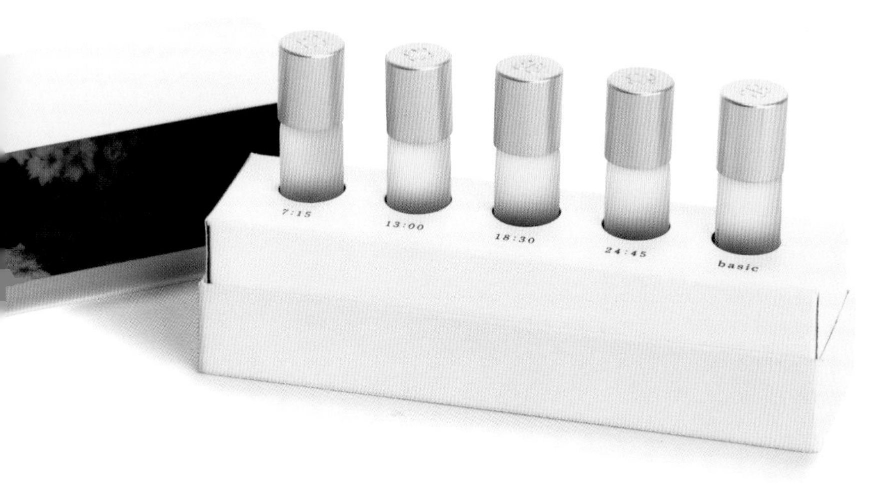

リーフレット

ukain でキマッた。

シャンプー&ブロー

きっとみなさん体験済み。
uka HAIRといえば
シャンプーの気持ち良さも周知の事実。
プロに洗ってもらうと、
どうしてこんなにすっきりするの?
プロにブローしてもらうと、
どうしてこんなに艶が出るの?

ukain=+1

▲会員向けの冊子。サロンで提供しているサービスを紹介。

カタログ

uka

忙しくて、めんどくさがりの女性たちへ。

爪とつめ回りの保湿には欠かせない、ネイルオイル。
でも、毎日が忙しい女性たちにとって、
習慣にするのはなかなか大変なのです。
そんな彼女たちの日常生活に、
無理なく組み込んでもらうために
たどりついた、ネイルオイルの新しいカタチ。

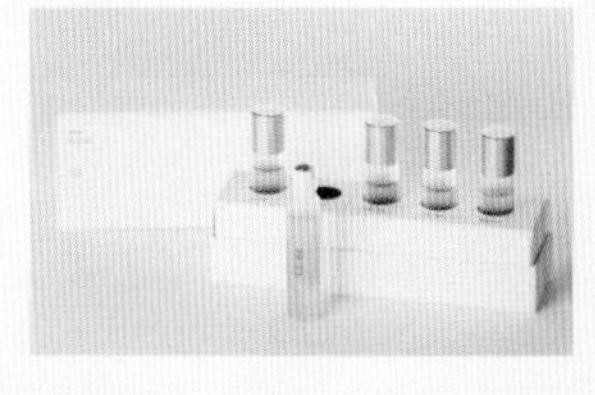

7:15

13:00

18:30

24:45

basic

ご使用方法

for Circulation

for Relaxation

for Fragrance

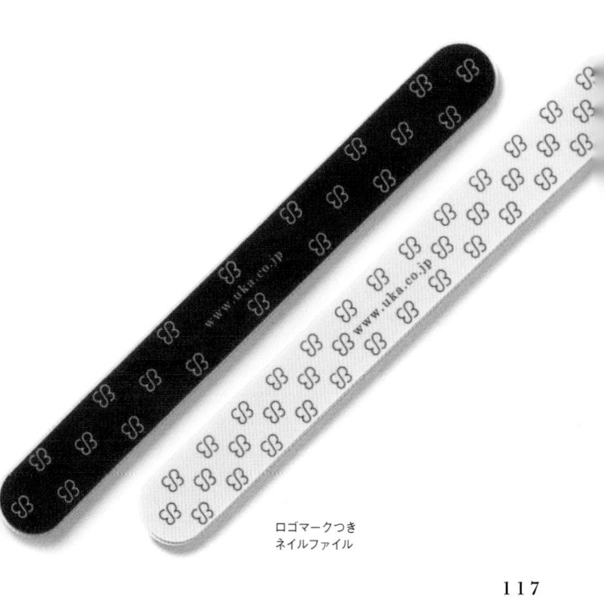

ロゴマークつき
ネイルファイル

人と地球環境に配慮した エコロジーな発想でパッケージを制作

MUNIOCANDELA ムニオキャンデラ

キャンドル販売　Candle Store

CL：ムニオ　CD：Elina Cima　AD：Ieva Dexter　S：アリエルトレーディング

Concept

大豆から抽出されるソイワックスにろうそくの芯も無漂白の天然コットン。装飾には手摘みした野草をそのまま使って手作りした新発想のソイワックスキャンドルブランド「ムニオキャンデラ」。環境に配慮するそのブランドポリシーは、パッケージにも生かされ、外箱には化学薬品を使わない無漂白のリサイクル段ボールを使用。カードやパッケージに描かれたラトビアのハーブも色を抑え、力強く生き生きと描かれている。インクはソイインクを用いて、ゴミを最小限に減らすため簡易パッケージを採用した。2009年には map contemporary が主催する、デザインコンペティションにおいてベストパッケージ賞を受賞。

商品パッケージ同様にギフトボックスも段ボール。リボン代わりの綿テープがポイント。

カタログ

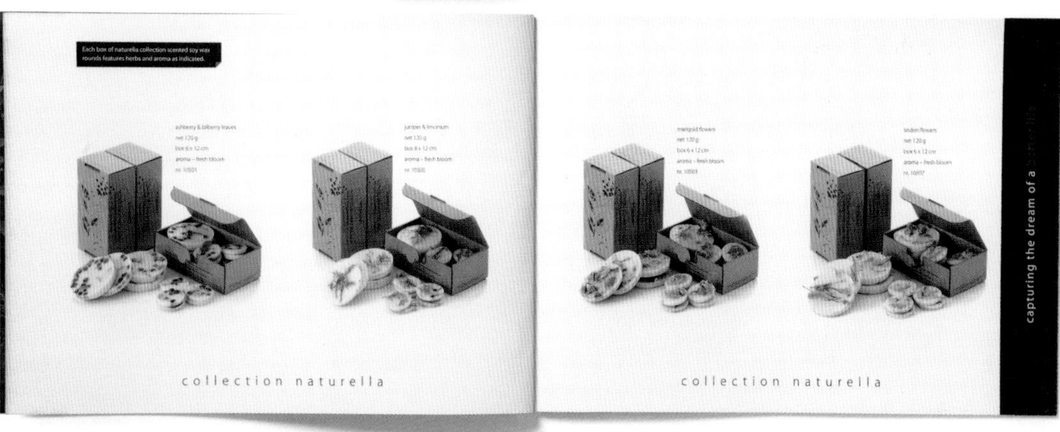

ポストカード

▲ ポストカードでブランドコンセプトをアピール。

活版印刷で古い質感を出すなど 昔の印刷物をモチーフに採用

MOMO natural モモナチュラル

インテリア・雑貨メーカー　Interior, Miscellaneous Goods Maker

CL：モモナチュラル　CD：ワキリエ（Smile D.C.）
AD, D：オオモリサチエ（Smile D.C.）　D（カタログ）：イノウエタカヨ（Smile D.C.）
I（カタログ）：小林幹幸（eg5）　スタイリスト（カタログ）：ゴウダアツコ（P236-P237）
DF, S：スマイルディーシー

Concept

時代のファッションリーダーであるよりも、永遠のスタンダードメーカーでありたい。そんな想いを込めて、家具を作り続けている「MOMO natural」。商品のほとんどを国内の自社工場と協力工房で生産することにより、人体に安全な素材と安定した品質とリーズナブルな価格を提案している。そんなクライアントの想いを反映して、ショップツールをグラフィック化。ショップカードとショッピングバッグ、リボンは統一感のあるデザインで展開、「MOMO natural」の英字をモノグラムにして表現した。ショップカードには活版印刷の書体を用い、組み合わせて印刷することで古い印刷物を思わせるアンティークタッチの質感に。また、カタログとポストカードのデザインを対応させ、物語風のビジュアルに仕上げた。

▲ ショップカードとのバランスを考え、包装紙も古い印刷物をモチーフに。カードは厚みのある紙に活版印刷を施した。

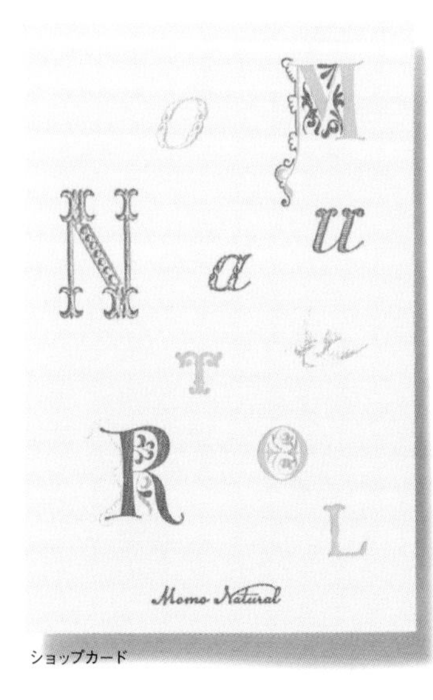

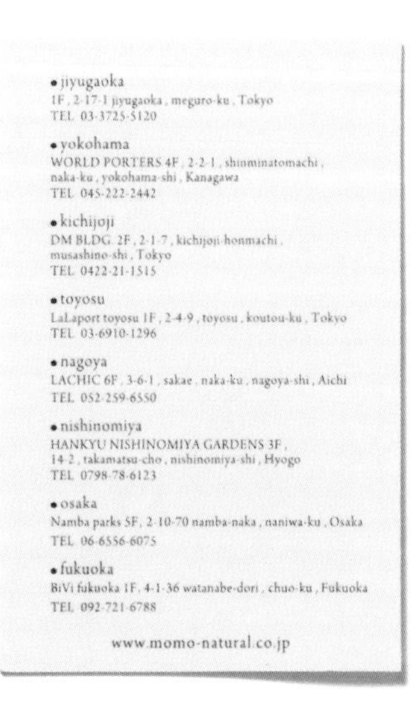

ショップカード

シール

リボン

ショッピングバッグ

ポストカード

▼ グリーンの中で遊ぶ少女をテーマにし
ガーリーでファンタジーな雰囲気に。

インテリアスタイリングブックvol.8

創業時から扱う釜をロゴに採用し作り手の思いをツールに反映

釜浅商店

料理道具店　Cooker Shop

CL：釜浅商店　CD, AD：西澤明洋　D：加藤七実　P：谷本裕志
DF, S：エイトブランディングデザイン

Concept

「釜浅商店」は、東京・合羽橋に本店を構える明治41年創業の老舗道具店。創業当時から釜や鍋を中心に販売していたが、徐々に包丁や鉄器まで扱う調理道具専門店として成長。2008年に創業100周年を迎えたことを機に改めて企業理念を見つめ直し、リブランディングを計画。「良理道具（料理のための良い理のある道具を届ける店であること）」をコンセプトに、ロゴマークには創業時から扱い続けてきた釜をモチーフにデザイン化。初心と信念を伝える新ロゴを主役に、販促物や店舗サインなどあらゆるアイテムに反映、統一性と認知性の高いリニューアルを行った。また職人による手作り道具の良さを感じ取ってもらうため、職人や手仕事のフォトワークを用いたPOPを制作。

商品POP

ポストカード

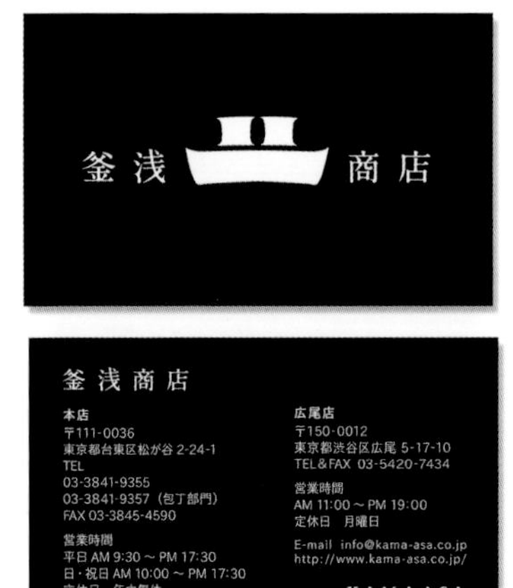

ショップカード

名刺

職人POP

▲ 道具作りの匠の技をPOPでアピール。物作りの背景にある、作り手の思いを表現するツールを実現している。

ギフト包装

機能性と売場での並べやすさを両立させた個性的なパッケージ

PLYS base プリスベイス

家庭用品メーカー　Household Articles Maker

CL, S：オカ プリス事業部

Concept

ブランドコンセプトは、「好きなモノと たいせつなコト 丁寧な暮らし」。それぞれのアイテムに個性を持たせ、インテリアに合うシックなカラーと上質な素材を用いて機能やディテールにこだわったバスグッズシリーズだ。パッケージデザインにおいては、各アイテムの機能がわかりやすく、売場に並べやすいことを念頭に置いて制作。濃茶をブランドカラーに起用し、六角形にこだわって上質さと機能性を表現した。従来は平置きで展示していたバスマットは、大きな六角形の箱に入れて提供。ボディタオルやランドリーバッグなども六角形のラベルを専用のリボンで結び、つまみを開くと説明書が出てくるしかけに。スリッパは立てても吊るしても飾れるよう、立体的な陳列を考慮。売場に楽しさを付加するデザインを目指した。

フェイスタオルラベル

バスマットの一辺をオープンにすることで、色や素材感がわかりやすく、手で触れてもらえるよう配慮。

パンフレット

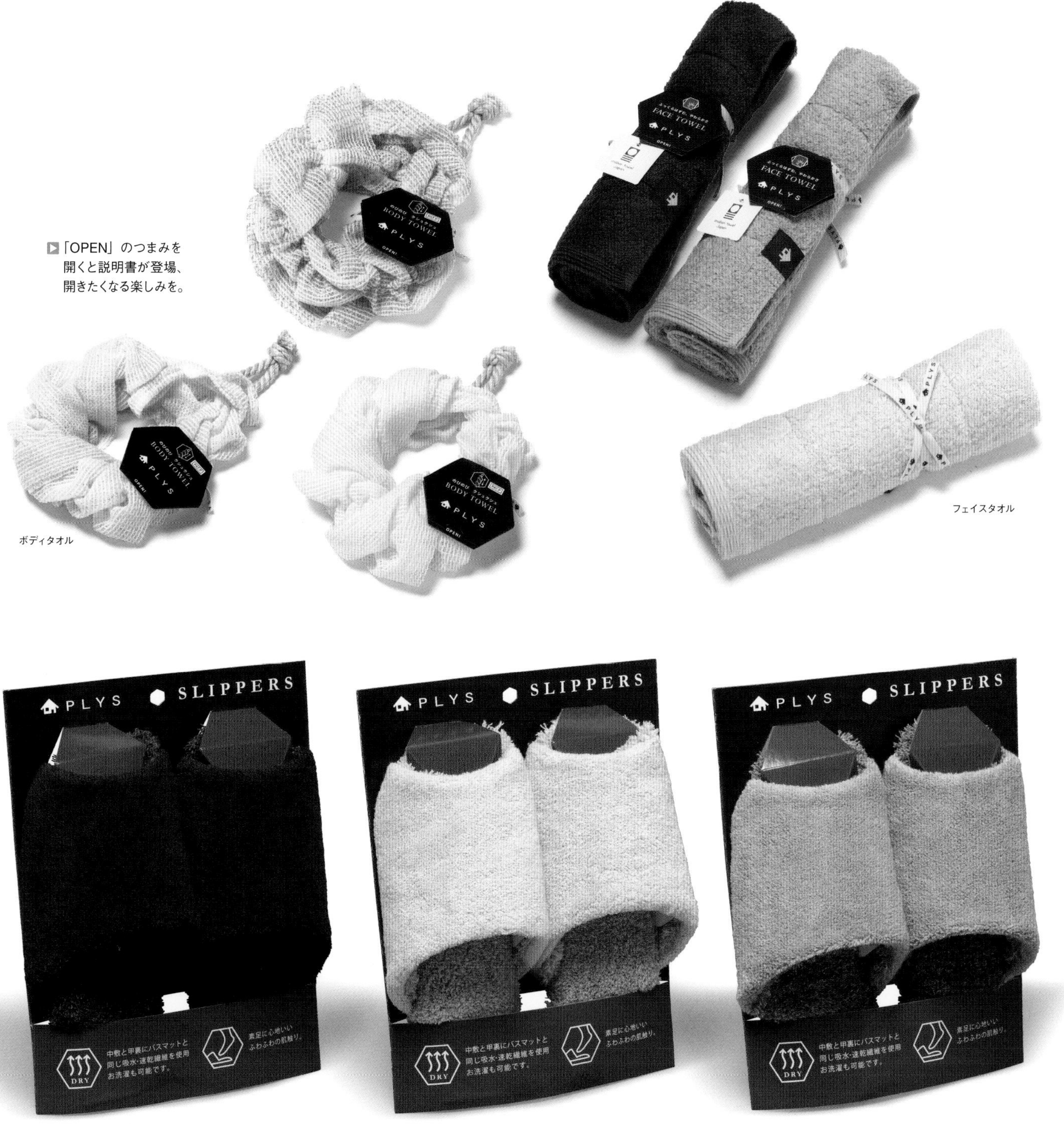

「OPEN」のつまみを
開くと説明書が登場、
開きたくなる楽しみを。

ボディタオル

フェイスタオル

スリッパ

「想いを伝える特別な贈り物」という ショップコンセプトをツールに表現

FLATURE フラチュール

フラワー&フレグランス　Flower & Fragrance Shop

CL, S：サトウ花店　フラワーデザイン：千葉一也　A：電通

Concept

JR大阪三越伊勢丹1階にある「フラチュール」は「花と香り」を中心に構成されたコンセプトショップ。大切な人に想いを伝える、記憶に残す。「花と香り」で自分らしさを伝える。そんなショップコンセプトを反映し、オリジナルのショッピングバッグを採用。贈り物らしさ、また特別感を感じさせるポイントになっている。ギフトボックスにも他にはない〝伝える〞工夫があり、人気商品である〝メッセージつきのサプライズギフトボックス〞には、プロポーズのときの演出アイテムとして利用できるよう、「MARRY ME!」のメッセージとエンゲージリングを入れるスペースが花の中に作られている。既製のものではなく、1点1点がオリジナルになるようギフトボックスも多種多様なものを揃えている。

ギフトボックス。箱を開けた途端、ぱっと広がる笑顔を思い浮かべて…。

ギフトボックス

シール

Fashion
ファッション

Zoffブルーとモデルのコラボで新たなマーケットを開拓する

Zoff ゾフ

メガネメーカー　Glasses Maker

CL：インターメスティック　CD：坪井 卓　AD：小杉幸一　CW：荒井信洋
D：永井貴浩　P：森本美絵　A：アドソルト　S, A：博報堂

Concept

「メガネは高い」という常識をくつがえし、日本で初めてリーズナブルな価格で提案。メガネの企画・生産から販売まで一貫したシステムを作り上げ、時流に合ったデザインを高いクオリティで届けている。そのブランド誕生10周年を記念して、キャンペーンをスタートした。第1弾にモデルの水原希子を起用、「新生ブランドとしてのZoff」「自由に楽しむメガネ・ファッション」というメッセージを強いインパクトで放った。ポスターやショッピングバッグなど、ツールのテーマカラーに鮮やかなブルーを採用。「Zoffブルー」としての定着を目指しながら、カラーリングとモデルの相乗効果を図る。また、新たにコミック『3月のライオン』とのコラボレーションも決行。話題作りとさらなるマーケット開拓を狙った。

ポスター

Zoffブルーを全面に敷き、モデルとロゴを際立たせた。情報をおさえることで話題性を高めている。

ポスター

▲ メガネも洋服同様、様々なおしゃれが楽しめることをビジュアルで発信。

リーフレット

街頭壁面

▶ Zoff

ポスター

▲ コミック『3月のライオン』のセリフにブランド名をさりげなく登場させ、ターゲット獲得につなげた。

コミック差し込みチラシ

◀ コミックの作者監修のコラボメガネも登場。商品をアピール。

ナタリー・レテのイラストが
無国籍なショップのイメージにマッチ

usagi pour toi ウサギ プゥ トワ

洋服・雑貨販売　Fashion & Accessories Shop

CL, S：アッシュ・ペー・フランス
I：ナタリー・レテ

Concept

「ウサギ プゥ トワ」はフランス人アーティスト、ナタリー・レテが手がけるアートを中心に、ヨーロッパ、アメリカ、カナダ、日本など約60のブランドが揃うセレクトショップ。洋服、アクセサリー、インテリア雑貨など、扱う物のジャンルも様々で、アイテムや国にとらわれない細々としたものが並び、宝物を探すように買い物を楽しめる。ショップのイメージを強く印象づけるナタリー・レテのイラストを用いたショッピングバッグやカードなどは、思わずコレクションしたくなる可愛さでファンも多い。ショップのためにオリジナルで描き起こしたウサギや草花は黒を地色にすることで、よりイラストが際立つデザインになっている。

▲ ショッピングバッグ。表と裏でイラストの異なる紙製のバッグ。ピンクの持ち手が黒に似合う。

ポストカード

ポストカード

シール

商品と同調させた深い黒から生まれる美しい世界を具現化

Victorian JET ヴィクトリアンジェット

アクセサリー製造販売　Accessories Shop

CL：アクトイースト　AD, D：安田由美子　D：岡崎智弘 / 渡邊真衣　CW：武藤雄一
P：西 将隆　DF, S：アイルクリエイティブ

Concept

イギリスで最も輝かしい時代を作り上げたヴィクトリア女王。愛する夫アルバート公が亡くなってから25年間、女王は喪に服し、常に身につけていたのが黒の宝石（ジェット）。以来、モーニングジュエリー（故人を追悼するために身につける装飾品）の代名詞として「ヴィクトリアンジェット」は長く愛され続けている。そのストーリー性、時代性をショールームやショップのポスター、ツールで表現。繊細で黒く美しい宝石のイメージですべてのツールを黒で展開した。上品で優雅なヴィクトリア時代を演出するため、ディスプレイ用に黒の紙で作ったレースのハンカチやティッシュケースには限りなく繊細なカッティングを施した。

▲ パッケージ。裂けるように開く外箱から、内箱のキャッチコピーとブランド名が覗くデザイン。

ギフトボックス

黒のティッシュケース

ポスター

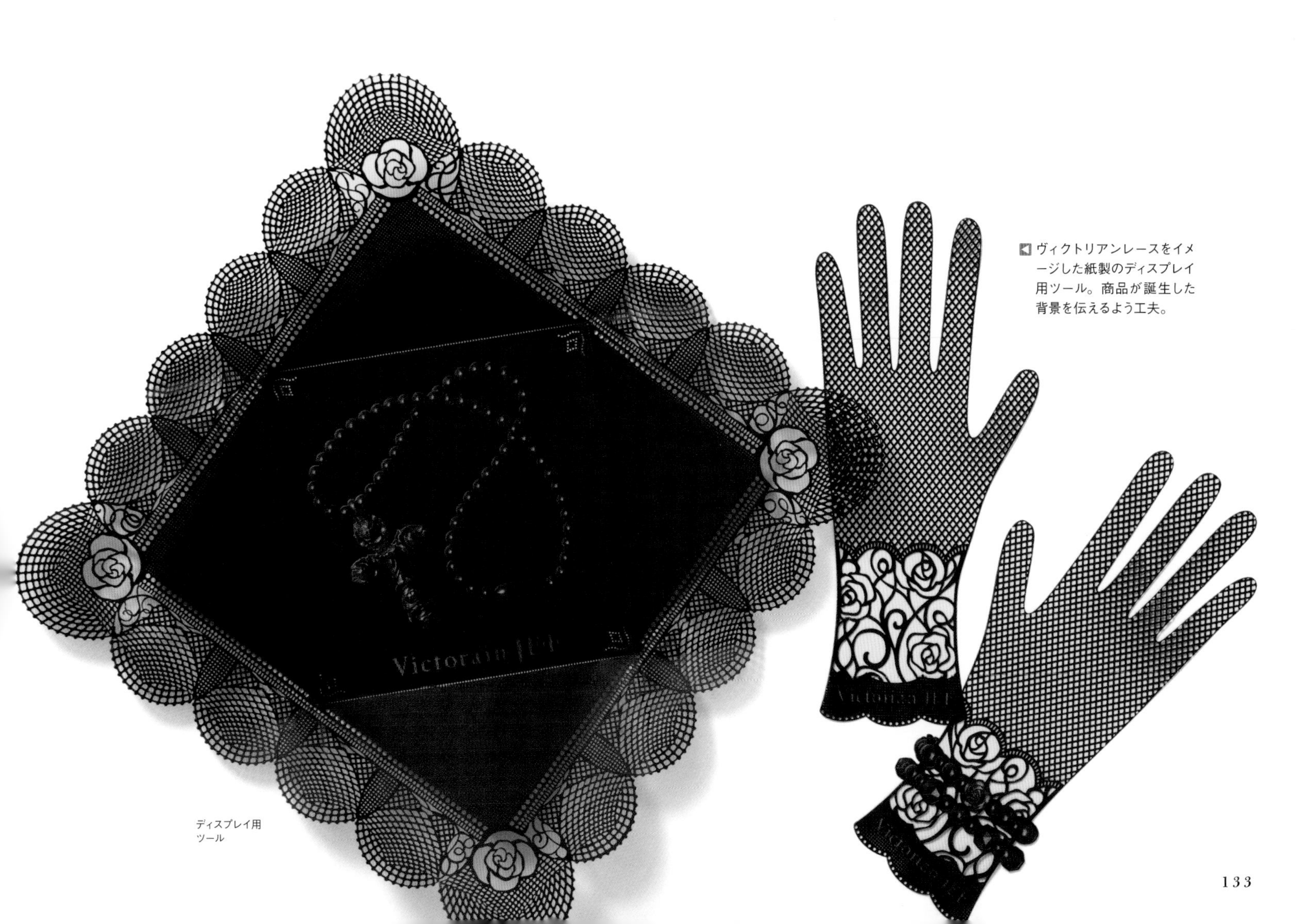

ディスプレイ用
ツール

◀ ヴィクトリアンレースをイメージした紙製のディスプレイ用ツール。商品が誕生した背景を伝えるよう工夫。

ショッピングツールに香りを取り入れ ブランドイメージを演出

Lovedrose & Co. ラヴドゥローズ&Co.

洋服販売　Fashion Shop

CL, S：ナノ・ユニバース

Concept

華やかな女性をイメージしたファッションブランド「ラヴドゥローズ& Co.」。2011秋冬カタログはシーズンのテーマである「ローズの香水が似合うような女性」をイメージさせる香水瓶のモチーフを採用。プライスカードと一緒につけるブランドの下げ札には香水をしみこませ、視覚だけでなく嗅覚からもそのブランドイメージを伝える演出をしている。ショッピングバッグ、シールなどのショップツールではブランドイメージである"品格"を表現。一方、ゴールドのプチバッグなどのノベルティではパッケージで"キャッチー"さを取り入れ、中のツールには"品格"を漂わせるなど、ちょっとした冒険心も忘れない。

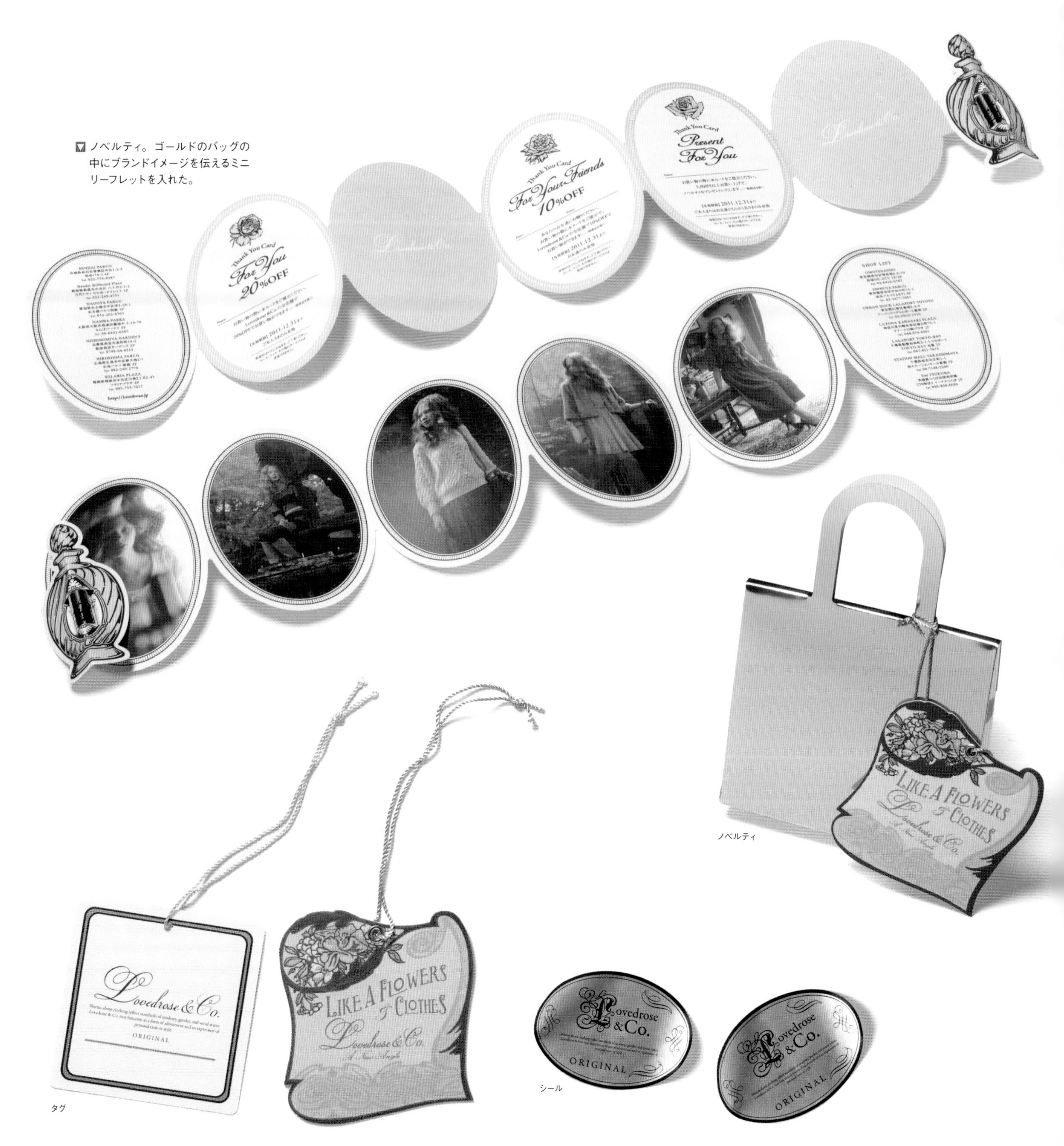

ノベルティ。ゴールドのバッグの中にブランドイメージを伝えるミニリーフレットを入れた。

ノベルティ

タグ

シール

▲ じゃばら式カタログ。香水瓶とローズカラーでロマンティックに仕上げた。

カタログ

ファッション性を強く打ち出し アパレルのコスメラインを強調

aquagirl cosmetics アクアガール コスメティクス

化粧品製造販売　Cosmetic Manufacturing Sale

CL：アクアガール コスメティクス　AD：MAYU KONDO（The VOICE）
P：LEE KYUNG SUN（The VOICE）/ ASA SATO（iris）
エディター：SAKIKO FUKUHARA（The VOICE）　ヘア：ASASHI（ota office）
S：ワールド

Concept

アパレル会社のワールドが立ち上げた、オリジナルの化粧品「aquagirl cosmetics」。カタログについては、アパレルブランドのコスメティックラインというものをより明確にするため、ファッションや各シーズンのトレンドと、連動した紙面作りを目指した。ビジュアルは白をベースに、商品やコンセプトが明確に伝わるよう極力無駄を排したレイアウトにし、紙の質感や写真の空気感でブランドイメージを感じ取ってもらえるよう心がけた。キャリーバッグやパッケージは、世界観やストーリーを感じるようグラフィック化。真っ白なリボンで女性らしい柔らかさと甘さを、またセラミックのようなクールな素材感に仕上げ、フェミニティを存分に感じさせながらファッションブランドとしての洗練された美しさを表現している。

▲ リーフレットは白地を生かし、動きのある表現方法で撮影し、色の美しさを際立たせた。

◀ デザインコンセプトである「リボン」のモチーフを使い、シルバーのイラストで軽やかさやモード感を出す。

18世紀ヨーロピアンデザインを参考に豪奢な加工を施す

MOR モア

コスメブランド　Cosmetic Brand

CL：MOR　CD：ディオン・セントモア / ディアナ・バーマス
S：グローバル プロダクト プランニング

Concept

オーストラリア・メルボルン生まれのナチュラルコスメ、「MOR」。表情豊かな香りと、洗練されたおしゃれなパッケージが人気だ。手作業で包装されたトリプルミルドソープやクリーミーなボディーバター、芳しい香りが漂うソイキャンドル、贅沢なハンドクリームなど、それぞれが個性豊かなデザインに仕上げられている。リップディライトは市場での差別化を図るため、楕円形のパッケージを特注で制作。ブランド名の起源であるヒンディー語の「MOR＝孔雀」をモチーフにし、ふたにエンボス加工を施してエレガントなカリグラフィーで囲んだ。ボディーバターの容器はスリーブに包み、16～19世紀の世界各地の織物や宝石、陶芸品をモチーフに。金色捺印入りのリボンで結んで、エレガントな印象に仕上げた。

ビジュアル要素は、マリー・アントワネットのデカダンスにインスパイアされた18世紀ヨーロピアンデザイン。

リップディライト

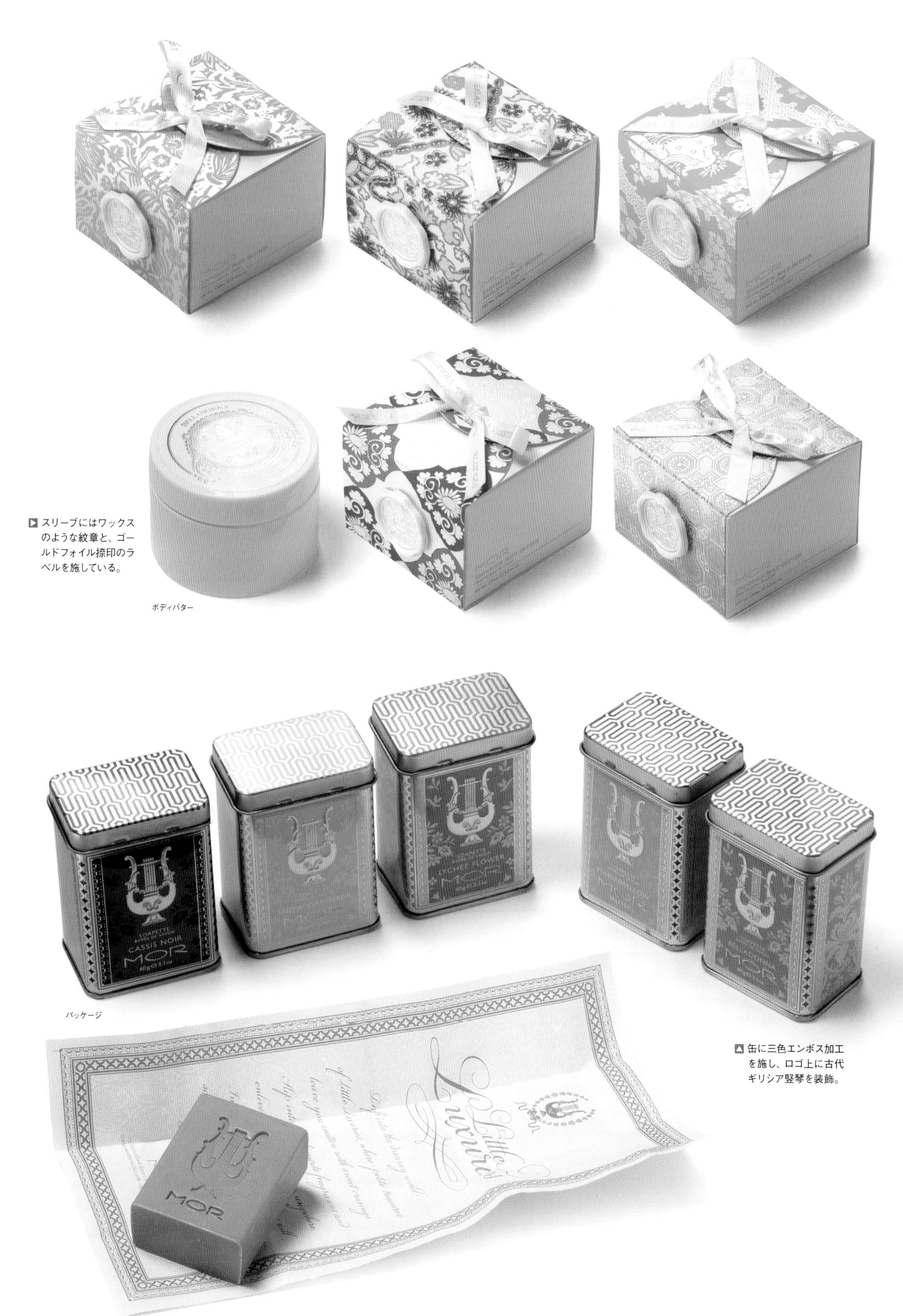

スリーブにはワックスのような紋章と、ゴールドフォイル捺印のラベルを施している。

ボディバター

パッケージ

缶に三色エンボス加工を施し、ロゴ上に古代ギリシア竪琴を装飾。

デザインに伝統と新鮮さを同居させ、ブランドの姿勢を訴求

シセイドウ ザ ギンザ SHISEIDO THE GINZA

化粧品販売、美容サービス　Cosmetics Sale, Beauty Service

CL, S：資生堂　CD, AD：山形季央／信藤洋二　AD：成田 久　D：丸橋 桂／花原正基／長谷麻子／大谷有紀／渡部宏介　CW：田中翔子／近森未来

Concept

1872年の創立以来、美の文化を発信し続けてきた「資生堂」。その長い歴史の上に2011年春、新たな店舗「SHISEIDO THE GINZA」が誕生。資生堂グループの総本店としてスタートした。コンセプトは「知らない自分に会える場所」。自分では思いもよらなかった新しい美が見つかる場所でありたいと、その想いをツールにも込めた。ショッピングバッグやカード、シールなどのショップツールは、高級感のあるゴールドと若々しさを感じさせるピンクやブルーを多用。またリーフレットやフリーペーパーでは、女性モデルのファッションやレイアウトに斬新さを取り入れ、店舗の多様性を訴求。長い伝統を重んじながらも、常に新しいものを目指すブランドの姿勢をアピールした。

フロアガイド

リーフレットは、店舗デザインのモチーフとなっているアーチを踏襲。

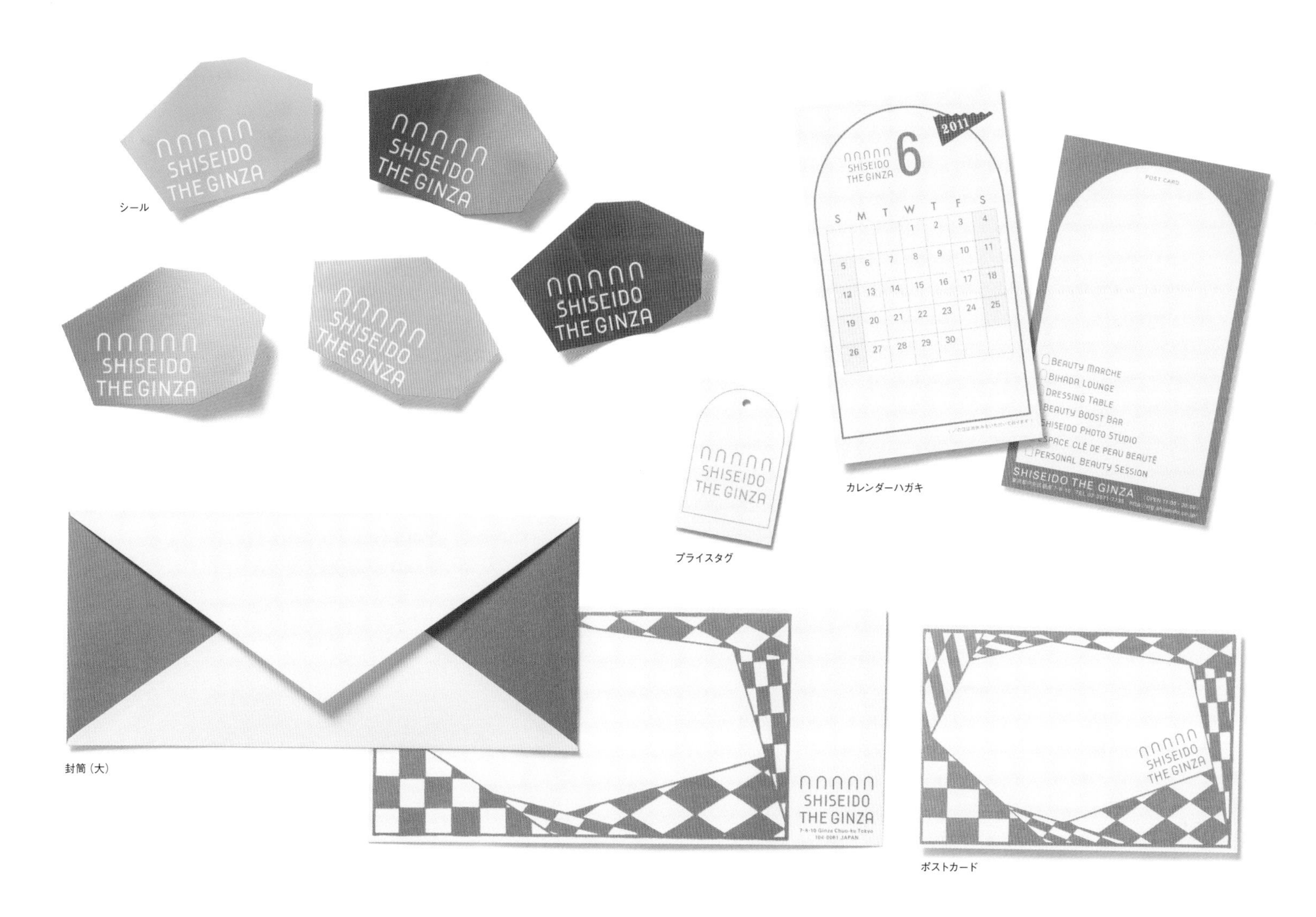

シール

カレンダーハガキ

プライスタグ

封筒（大）

ポストカード

チラシ

▶ シセイドウ ザ ギンザ

フリーペーパー

▶ お客さまが自分のことのようにイメージしてもらうため、リアル感と楽しさを訴求。

“釣りガール”をイメージした 水色がテーマカラー

FISHROLIC フィッシュロリック

アウトドアグッズ＆ウエア販売　Outdoor Shop

CL：ジャッカル　CD：堀埜正直　AD, D：荻田 純　CW：堀埜正直
P：新田君彦　スタイリスト：漣 健次　ヘアメイク：増田よう子　プランナー：古川智基
エディトリアルデザイナー：森田 雅奈子　プロデューサー：ビッグアップル・プロデュース
DF, S：サファリ

Concept

“釣りガール”をイメージしたアウトドアレディスウエアとグッズを扱うセレクトショップ「フィッシュロリック」。ショップ名はFish（魚）＋ frolic（戯れる）＝FISHROLIC（魚と戯れる）という意味の造語。可愛い魚たちと遊び心あふれるライフスタイルを提案できるショップイメージから水色をテーマカラーに、ショッピングバッグ、カタログなどのツールを制作。紙製のショッピングバッグの内側には深いブルーを配し、持ち手にはお揃いのカラーのリボンをあしらうなど、ファッションとしてアウトドアを楽しむ女性たちにもアピールできるツールとなっている。ショップカードは魚のフォルムを生かしたアーチのカーブで縁を切り取り、遊び心をプラスした。

▲店頭のサイングラフィック。ツールと連動した魚のフォルムを白いアイアンでさりげなく表現した。

ポストカード

▶ FISHROLIC

フリーペーパー

シール

タグ

ショップカード

▲リーフレット。四角く折りたたんでジッパーつきの袋に入れ、手に取りたくなる意外性のある演出をした。

ピンクでガーリーな世界観を キラキラ感のあるツールで表現

Bling Me! ブリングミー

クリスタル雑貨　Crystal General Shop

CL : Bling Me!　CD, AD, D : 山田千勢　S : C

Concept

特殊な道具や技術がなくとも、誰でも手軽にクリスタルシールを使ったキラキラカスタムを楽しんでもらえる素材を提供する「Bling Me!」。スワロフスキー・エレメントを扱っているのが特徴だ。コンセプトは「女の子がときめく、ピンクでガーリーな世界観」。このコンセプトを具現化するため、テーマカラーに華やかなピンクを用い、商材のキラキラ感を全面に押し出した。商品パッケージはもちろん、タグや店舗の内装にも同イメージを反映。ポスターやリーフレットにはターゲットである女性が共感しやすいモデルを採用、使用シーンをイメージさせる動きのあるビジュアルを目指した。また、カスタムした携帯電話を入れるためのノベルティポーチを制作し、知名度を上げるのに一役買っている。

キラキラ感を引き立てるため、色のグラデーションのみ背景に使用。

イニシャルシール

カスタマイズの柄がすぐに認識できるよう、窓抜けにして、大きくリボンをあしらった。

カスタマイズした携帯用ポーチやキーホルダーなどノベルティグッズを作成、好評を得た。

携帯用ポーチ（ノベルティ）

ミステリアスでひねりが効いたイメージをパッケージにも踏襲

TOKYOMILK トウキョウミルク

コスメブランド　Cosmetic Brand

CL：TOKYOMILK　CD：マーゴット・エリーナ　S：グローバル プロダクト プランニング

Concept

アメリカ人デザイナー、マーゴット・エリーナが創り出す「TOKYOMILK」。「見たままのモノなど、存在しない」をコンセプトにし、ミステリアスで洗練されたバスグッズやフレグランスなどを提案。ブランドアイコンにマリー・アントワネットを据えたクラシカルなパッケージデザインも、マーゴット・エリーナ本人によるもの。ブランド名の「TOKYOMILK」という不思議な語感同様に、パッケージデザインもミステリアスな印象を重視。コレクションしたくなるビビッドなイメージを大切にしながら、はかなげなコラージュや型抜きのパッケージなど、遊び心をふんだんに取り入れた。ボトルは透けて見えるラベル裏側の絵柄にもこだわり、並べてみたくなるワクワク感を演出。他のブランドにはない特別感を持たせた。

A マリー・アントワネットや中世の貴婦人を思わせる女性をコラージュ。ひねりやユーモアを取り入れている。

ソープ

バブルバス

オードパルファム

人物や魚、植物などをモチーフに非現実的な構図でイラスト化したカード。

リップバームのパッケージでは原材料を説明しつつ、謎解きのようなおもしろさを。

リップバーム

▶ TOKYOMILK

スライドさせると絵柄が見えてくる、ユーモアを盛り込んだパッケージのポケットミラー。

トラベルキャンドル

▶ 練り香水のパッケージには、小さなランダムに選んだ絵柄のミニカードを入れた。

グリーティングカード

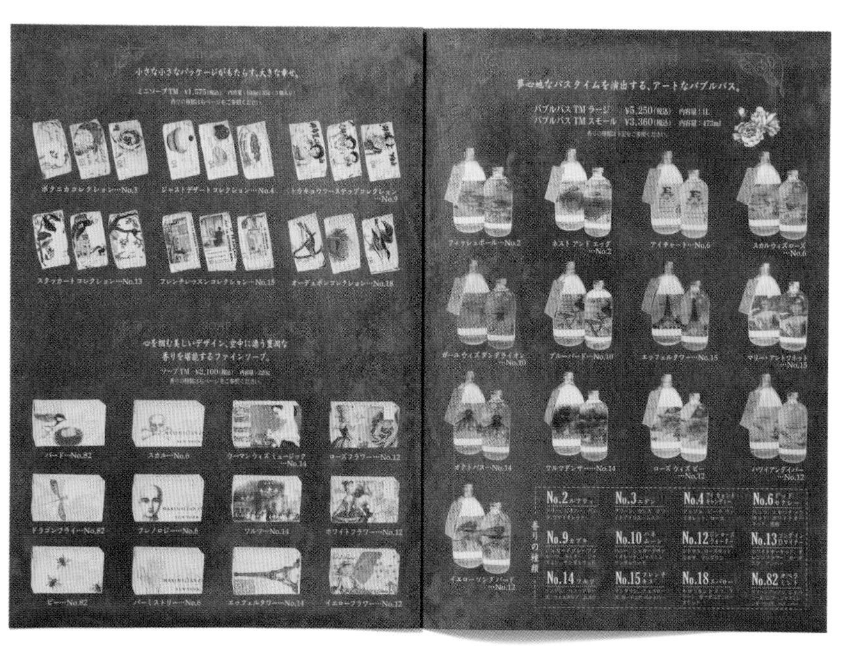

小冊子

蓮と蝶、ピンクと黒をテーマに エキゾチックで上品な仕上がりに

KONRON コンロン

アクセサリー製造・販売　Accessories Production, Sale

CL, S：ビヨンクール

Concept

蓮や蝶など東洋的なモチーフを使い、「アジアンビューティー」を強く押し出したアクセサリーブランド、「KONRON」。季節の花や季節の色味の石を用い、東洋の女性に似合うアクセサリーを展開している。黒やピンクをテーマカラーにし、大人の女性の可愛らしさとカッコよさを程よくミックスしたオリエンタルでエキゾチックな世界観を、ショップツールにも訴求した。ジュエリーボックスやショッパーなどのツールは、黒地に蓮のモチーフのパターンを配置。さらに、ピンクの蓮の花を大胆に取り入れ、角度によって光って見える型押し加工を施した。ボックスは、蝶のメダルをつけたひもで結ぶようなしかけにし、遊び心をプラス。エキゾチックながらも上品なイメージで仕上げている。

ボックスは、タグをつけた紐で固定できる設計を採用した。

ボックス

ギャランティカード（販売証明書）

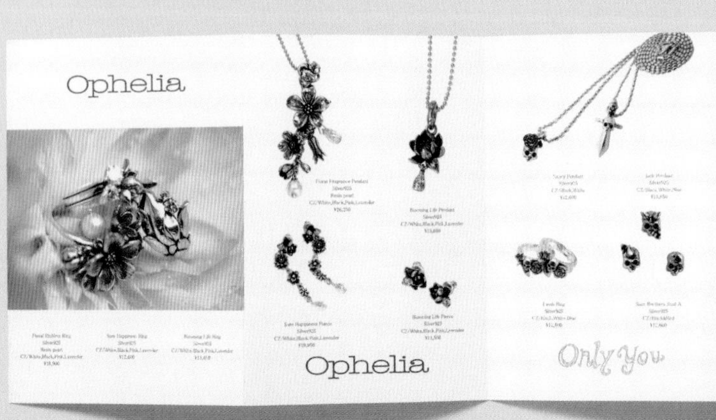

リーフレット

他ツールとは違う印象に。赤と白の配色、リボンを使い、女性らしさを追及。

Disney×KONRON
コラボアイテム専用ボックス

機能性と可愛らしさ。二面性を象徴したロゴを主役に作成

söpö sopii GINZA SANAI

ソッポソッピ銀座三愛

下着メーカー　Underwear Maker

CL：ソッポソッピ銀座三愛　S：セシール

Concept

女性のカラダの変化をこまやかに受け止め、理想のスタイルを追求しているインナーショップ。ブランドスローガンは「カラダとココロに効くインナー」だ。ロゴマークには、メインターゲットである30代女性がインナーに求める「機能性」と「可愛らしさ」をアピールするため、その二面性を表現。イメージしたのは、意思が強く、優雅さを持ち、チャーミングな女性。ロゴのバラは意思や優雅さ、蝶は可愛らしさや自由を象徴している。配色についてもシックなブラウンとフェミニンなピンクを使用し、二面性を反映。ショッピングバッグやカード、シールなどのツールは、ピンクを基調とし、ロゴを配したシンプルなデザインに。ノベルティ用のタンブラーも作成して配布し、日常に寄り添うブランドであることを訴求。

▲ ペーパーショッピングバッグにロゴマークを大きくあしらうことで、持ち歩いてもらう広告ツールを目指した。

シール

ポストカード

ショップカード

ビニールショッピングバッグ

タンブラー

コレクションしたくなる期待感や温かみ、繊細さを表現

SIENA シエナ

ジュエリーショップ　Jewelry Shop

CL：シエナ　S：サンボークリエイト

Concept

ゴールドやダイヤ、天然石を使い、つけた人を幸せに導くというメッセージを込めた「シエナ」。ブランドコンセプトは「本来の自分へと導くメッセージジュエリー」だ。パッケージデザインにおいては、時代を超えても色褪せない魅力を持ち、いつまでも大切にコレクションしたくなるワクワク感のあるパッケージを目指した。イメージしたのは、ヨーロッパの蚤の市で出会った香水のラベル、パリの高級デパートの食材売り場に並ぶ老舗の菓子のパッケージなど。また、アクセサリーボックスは、朝・昼・晩とシーンを感じさせるデザインを念頭に置いて制作。優しげなハンドペイントを用い、温かみをプラスした。ショッピングバッグは繊細で美しいスズランの花をモチーフにし、ブランドロゴを配置している。

ボックスは朝・昼・晩のイメージで3色展開に。ハンドペイントの柔らかさと質感を生かしている。

カタログ

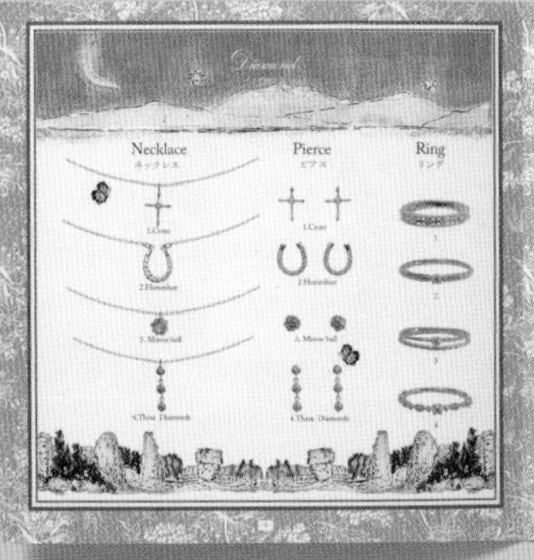

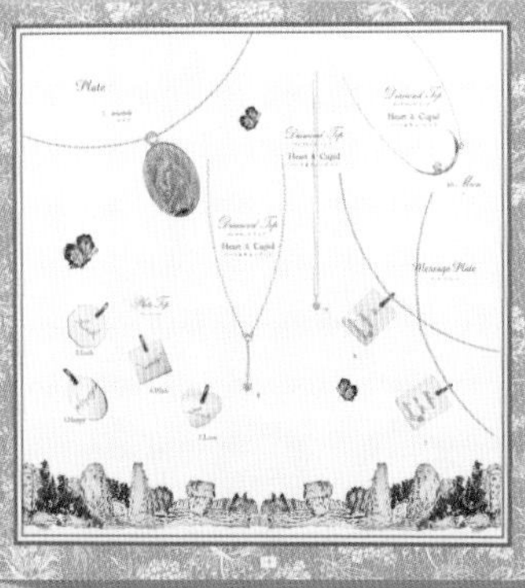

カタログ

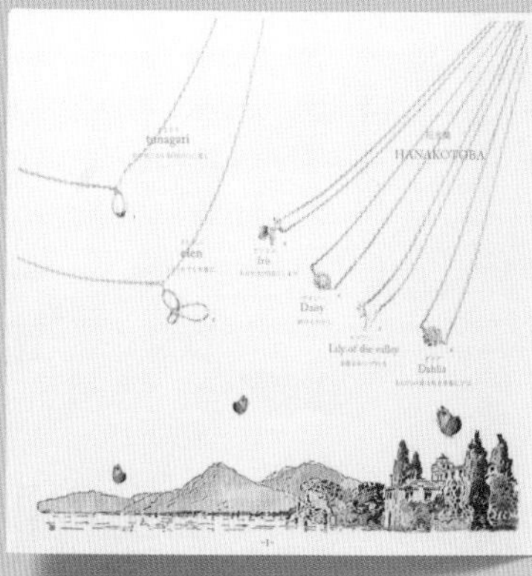

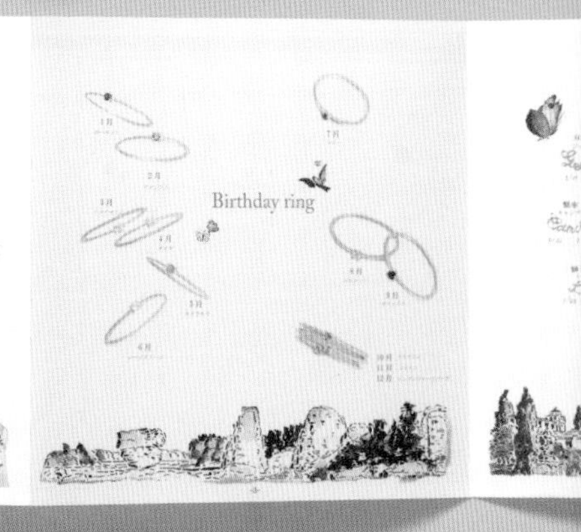

ミラー（ノベルティ）

▶ ずっと取っておきたくなるようなクオリティを、カードにも訴求。

顧客カード

保証書

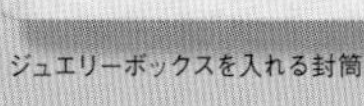

ジュエリーボックスを入れる封筒

▶ SIENA

▲ リングは写真とイラストで構成し、カード風に紹介。封筒に入れて、ずっと取っておけるように配慮。

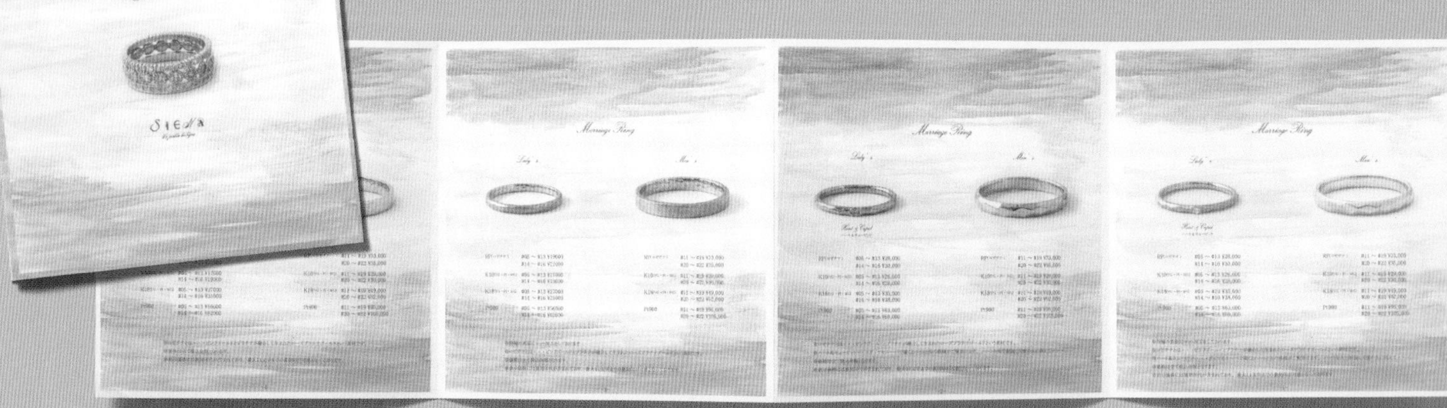

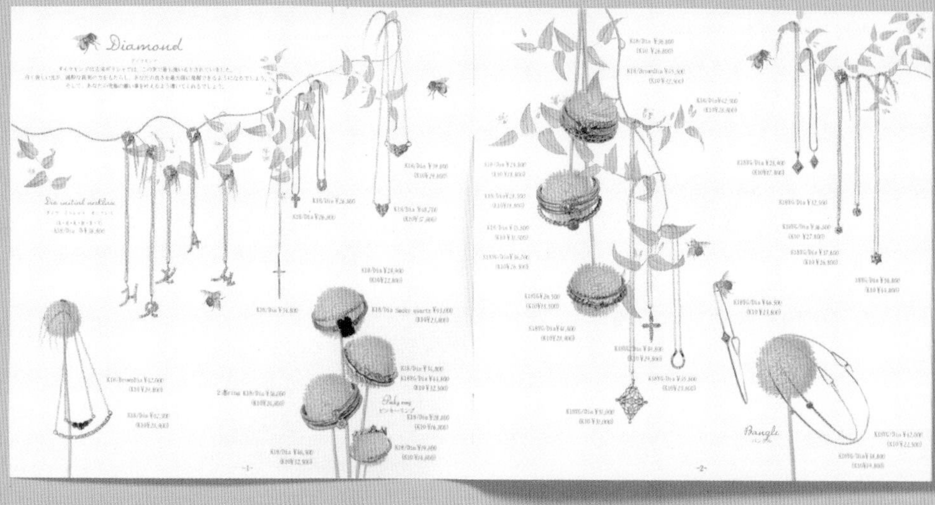

カタログ

ショップカード

DM

商品説明カード

▶ アートワークとデザインは清川あさみ氏が担当。コラボレーションのツールで、他ツールとは違う世界観を実現。

モデルとシャツのジッパーを用いて 日常と非日常の面白さを表現

BLACK AND BLUE ブラック アンド ブルー

アパレル　Apparel

CL：ホワイトロッジ　CD：福原雅人　AD, D：榮 良太　D：伊藤裕平 / 岡本泰幸
P：石川清以子　A, S：博報堂　DF：Age Global Networks

Concept

クライアントは「シンプルかつベーシック、それでいて新しい」をコンセプトにしたファッションブランド。10代後半から20代にかけての若い男性層をターゲットにしている。そのターゲットの心に届く、新鮮なブランディングを目指した。ポスターやカタログは、一人のモデルを使って、人混みのようにビジュアルを構成したり、ジャンプをした瞬間などを撮影。軽やかさと不思議感を出すと同時に、日常と非日常の境目の面白さを表現した。DMや封筒、BOX等の各種ツールは、メイン商品であるシャツの胸ポケットについたジッパーをモチーフとして制作。見た人の興味喚起を促し、商品の魅力はもちろん商品のまわりにあるツール類で、商品がより魅力的に見えるよう工夫した。

▼ 写真を用い、メイン商品であるシャツの背中に大胆なコラージュ感覚でデザイン。

DM、封筒

カタログ

ボックスはジッパーを模したテープを貼り、非日常的な不思議さを追求した。

ボックス

店頭ディスプレイ

15度から紡がれる物語を軸に
繊細な質感を生かしてデザイン

15 DEGREES Ring フィフティーン ディグリーズ リング

ジュエリーの製造販売　Jewelry Production, Sale

CL：柏圭　CD：柿木原政広　AD, D：内田真弓　CW：清水井朋子　P：井上佐由紀
ジュエリーデザイナー：小寺智子　DF, S：10.inc

Concept

「15 DEGREES Ring」は、左手の薬指に美しくフィットする角度、つまり薬指のつけ根の傾きを15度と考えることから生まれたブライダルジュエリーブランドだ。15度という数字をベースにして紡がれる幸福なストーリーをツールデザインにも落とし込み、繊細な質感を生かしてグラフィック化。宝石のひとつひとつが職人の手によって丁寧に台座にはめ込まれるように、紙の上にパールやシルバーのドットを箔押しし、さらに浮き上げ加工を施した。ジュエリーボックスには、リングを贈り贈られる特別な瞬間が記憶に刻まれるよう、宝石を包むプリザーブドフラワーをセット。単なるパッケージという「機能」に留まるのではなく、手にしたカップルが幸福な物語を想像し合えるような「ストーリー」を軸にデザインを行った。

プロポーズリングボックス

◁ 純白の花に包み指輪を贈る。プリザーブドフラワーをセットしたジュエリーボックス。下段にもリングを収納できる二層式。

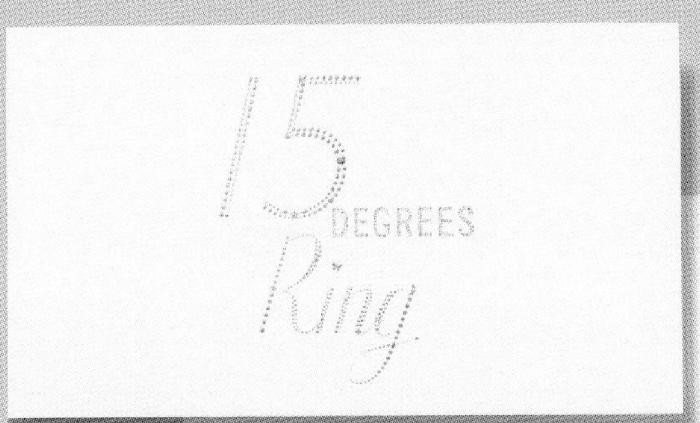

リーフレット

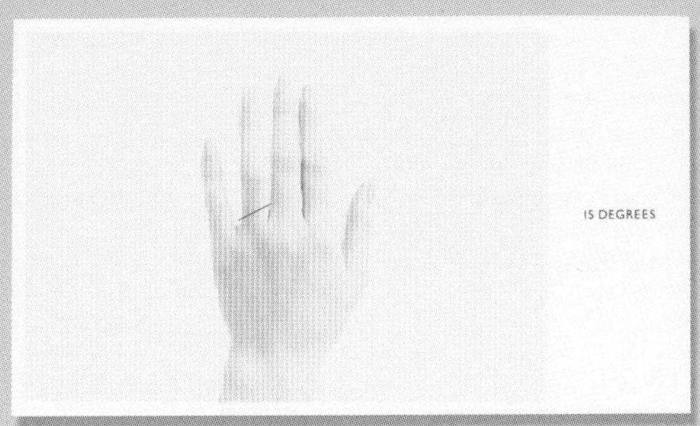

▼ペアリングと名づけられた結婚指輪は、花結びの風呂敷に包んで。古き良き日本の"結び"のこころを表現した。

ペアリングボックス

◀ショッピングバッグとジュエリーボックスには、ネックレスとピアスのデザイン画を、パールとシルバーの箔押し加工で施した。

ショッッピングバッグ

舞踏会をテーマに 商品、ツールで豪華な世界を演出

ANNA SUI COSMETICS

アナ スイ コスメティックス

化粧品販売　Cosmetics Store

CL, S：アルビオン　D：水井智子　CW：宮川充恵　プランナー：小泉奈緒

Concept

「アナ スイ」の“AUTUMN COLLECTION Ⅱ”は、ドレスアップの仕上げに指先を華やかに装うネイルカラーが勢揃い。ボトルデザインはアンティークドレスを思わせる優雅なデザインで、クラシカルで豪華なパーティタイムにぴったりのものとなっている。リーフレットは“Palace Sparkle”明るく輝く宮殿）への招待状をイメージし、招待状を開くワクワク・ドキドキの高揚感を感じてもらえるデザインに。カラーサンプルを色玉で表現するのではなく、商品そのものを一面に掲載することで、指先のドレスアップも洋服を選ぶように楽しんでもらえるリーフレットに仕上げた。商品、ツール全般にストーリー性を大切に高級感、特別感を意識したデザインを貫いた。

リーフレットを開いた内側全面に商品を展開し、商品デザインとカラーバリエーションを訴求。

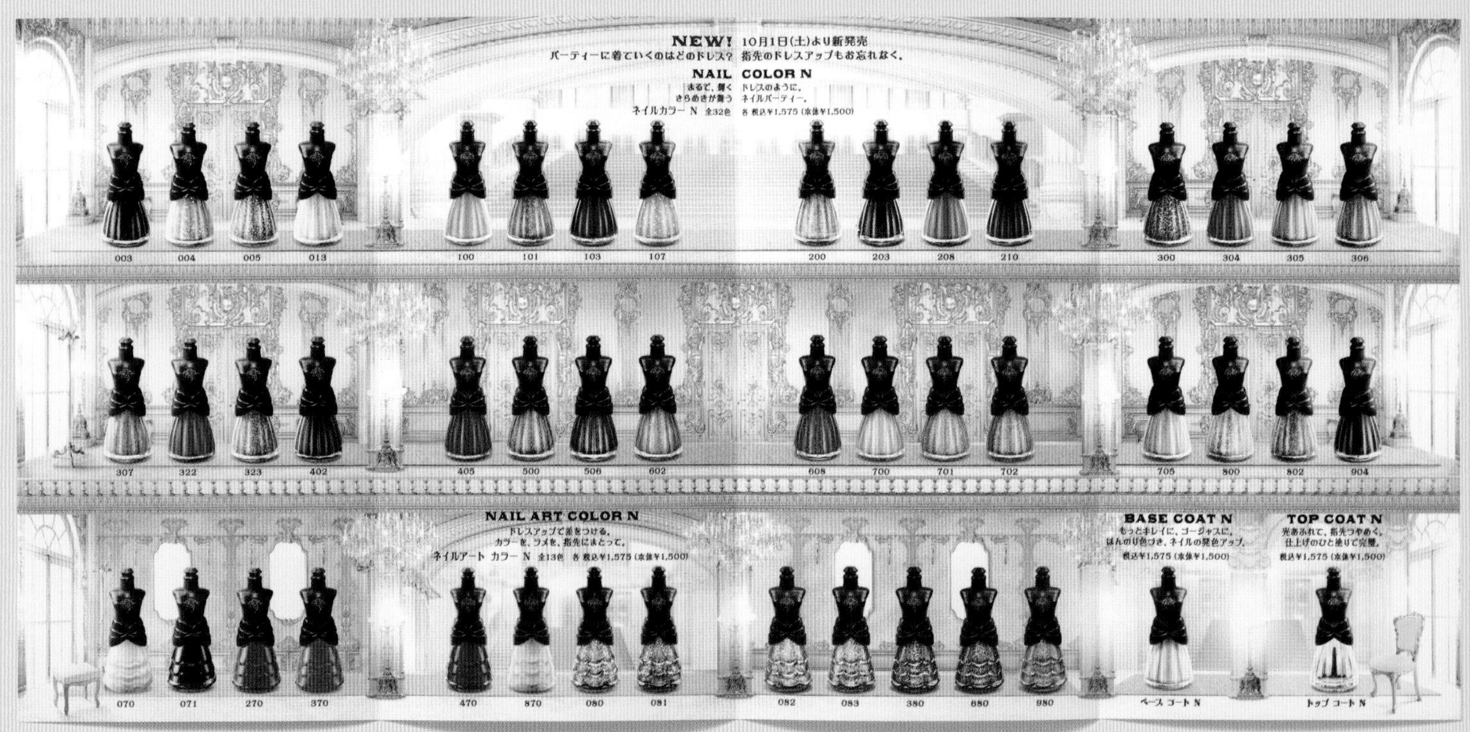

リーフレット

パッケージ。ドレス部分の形も2種類で異なり、細部にまでこだわった。

限定PWPフライヤー

限定PWP・リミテッド ギフト ボックス

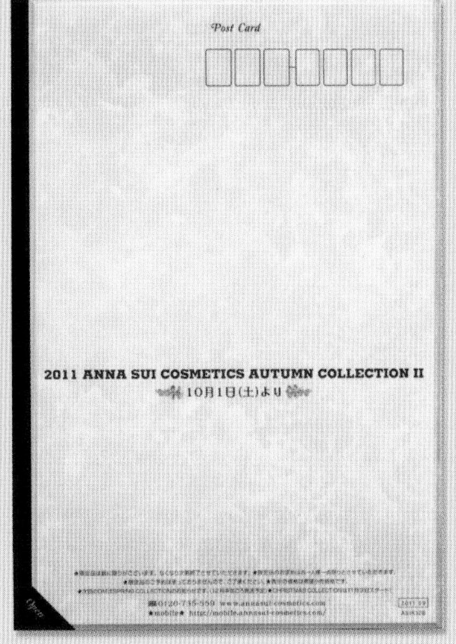
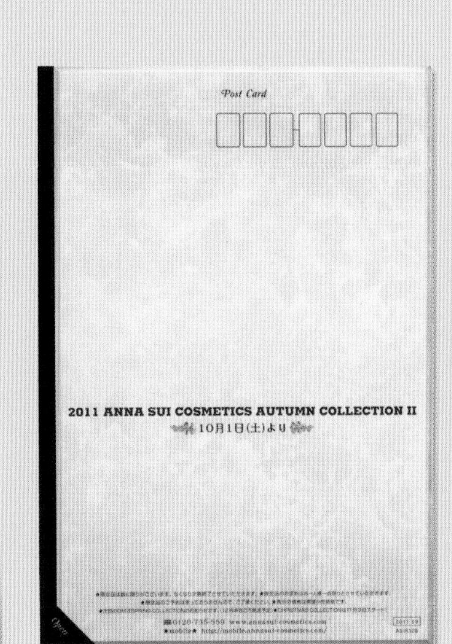

DM

愛着感と安心感の目印となる パターンを用いてブランド力を発揮

KOBAKO コバコ

化粧品ブランド　Cosmetics Brand

CL, S：貝印　AD, D：長尾敦子　CW：岡田尚美 / 三宅真樹子

Concept

ブランドコンセプトは「もっと自由にキレイになろう」。高い機能性と携帯性、いつも持っていたいと思わせるようなデザインを心がけ、現代の女性を楽しくきれいにするためのビューティーツールを提案している。ユーザーにとって愛着感と安心感の目印となるよう、すべてのアイテムにKOBAKOパターンを採用。商品企画にはビューティーアドバイザーを迎え、ツールブランドの新しいあり方を構築。第1弾から第3弾までの商品パッケージにおいては、それぞれに変化させながらも、つながりを意識してデザインした。シリーズなどカテゴリー別にまとまり感を持たせつつ、カラーリングを変えるなどの工夫を凝らしている。また、ディスプレイの際に各アイテムの個性が発揮できることも加味した。

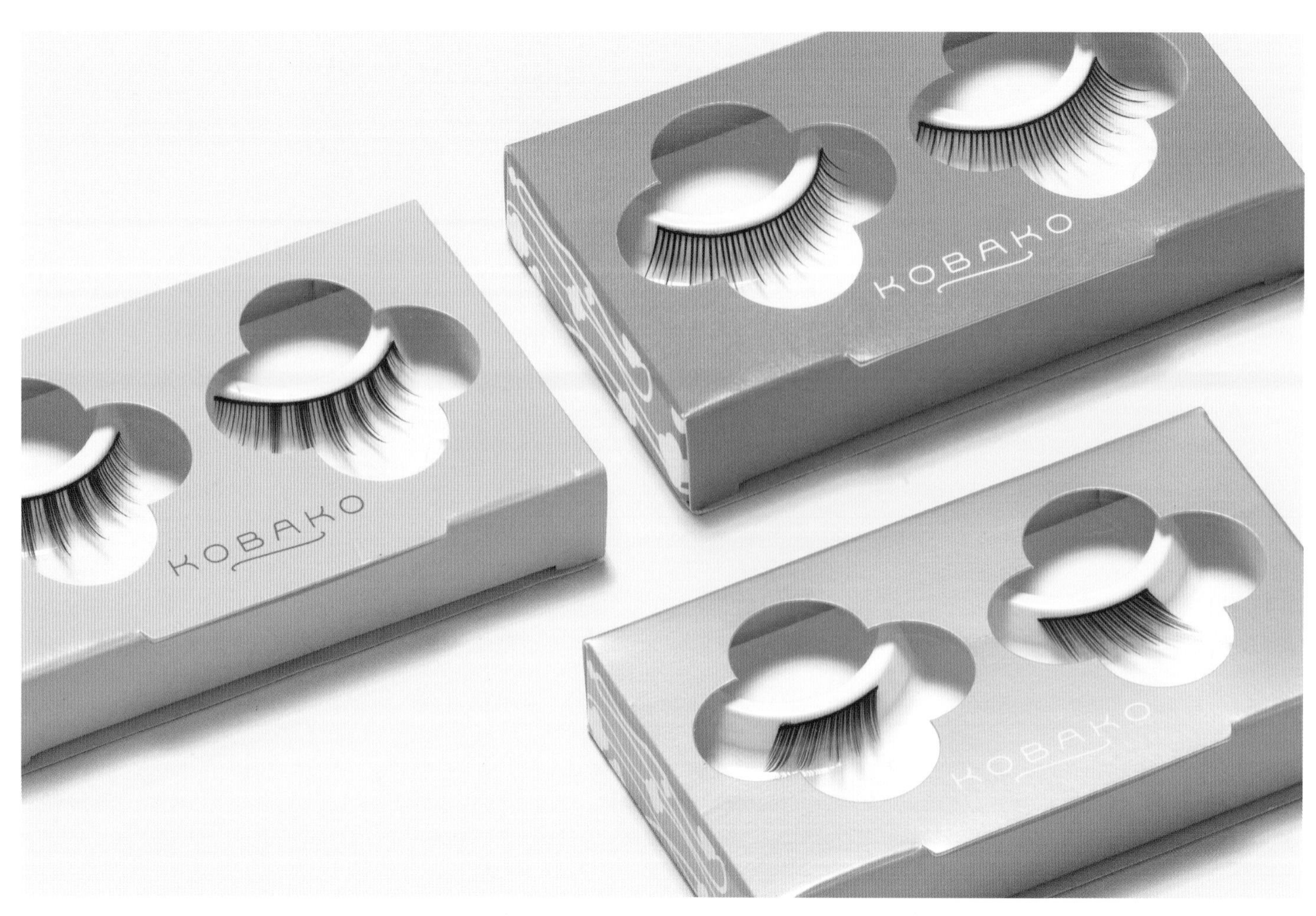

▲ まつ毛がどのようなラインを描くかイメージして作成。KOBAKOの楽しさを伝える役割を担った。

◀ シザーズは刃先の0.1mmにこだわった繊細さと、手になじむサイズを追求。

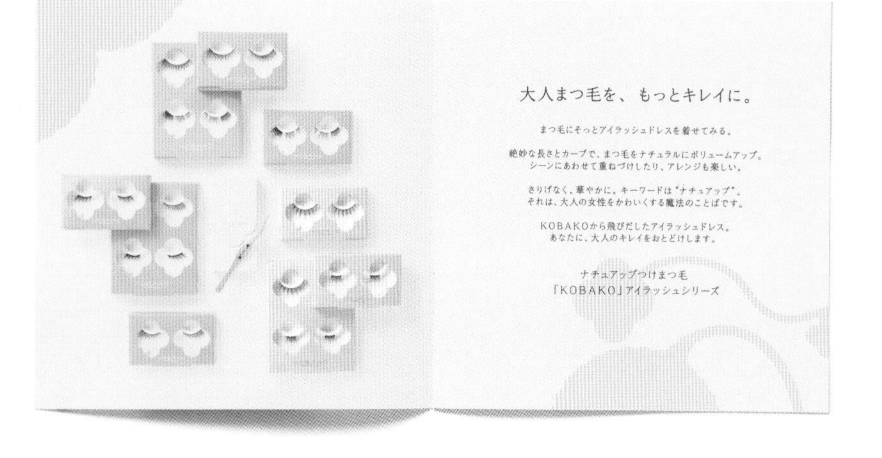

アイラッシュドレスシリーズ カタログ

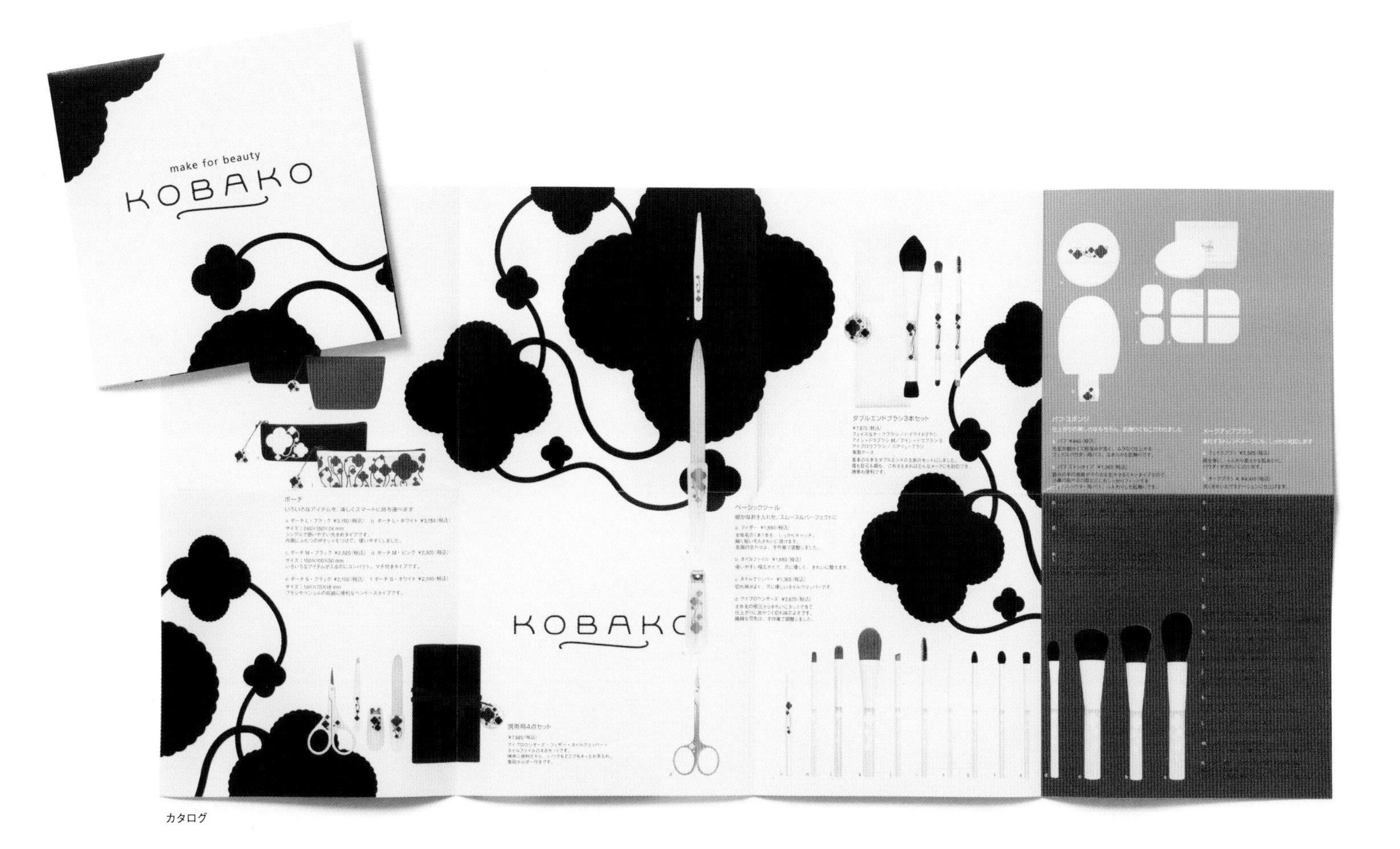

カタログ

アイラッシュカーラーは、ポーチの中でも邪魔にならないコンパクトで丸みのあるデザイン。

既存のイメージにとらわれず
意外性のある素材でツールを提案

no quiet ノークワイエット
洋服販売　Fashion Shop

CL：ノークワイエット　D：干場邦一（ショッピングバッグ、ボックス、ポスター）/ 干場邦一・米澤祐子（カタログ）/ 山本彩未（ギフトボックス）/ 田中俊光・田野由布子・花田克斗志・山本彩未（DM）　S：カタチ

Concept
「ノークワイエット」とは「もの申す」という意味で、"大量消費を促す既存の市場システムに対抗したい"という意味が込められている。オリジナル、日本製にこだわり、ずっと使えるデザイン定番商品を、服・バッグ・アクセサリー・文具・家具などで展開。またそのブランドコンセプトはパッケージ、DM、ポスターなどのツールにも貫かれている。「ノークワイエット」の商品は、基本デザインはそのままにマテリアルが変わるのが大きな特徴で、ツールにおいても素材感が重視されている。例えば、高価なアクセサリーのギフトボックスにあえて段ボールを選ぶなど、シンプルなデザインと意外性のある素材との融合により、他にはない独創性のあるパッケージをデザインしている。

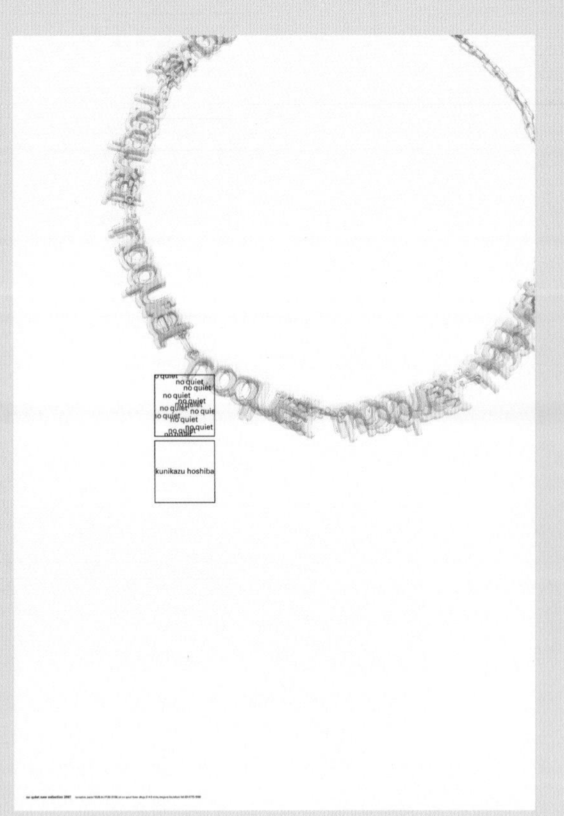

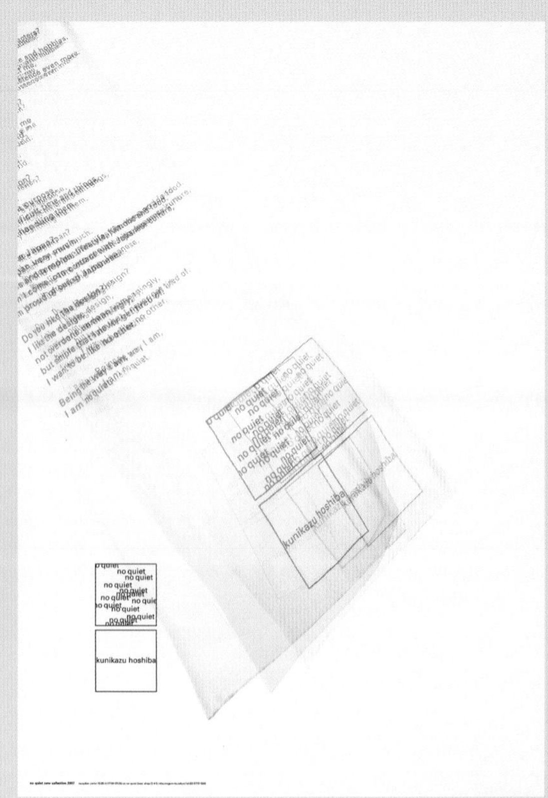

コレクション用ポスター。毎年手がけるコレクション用ツールの2007年のもの。

▲パッケージ。素材としての段ボールに着目し、ロゴを用いてデザインした。

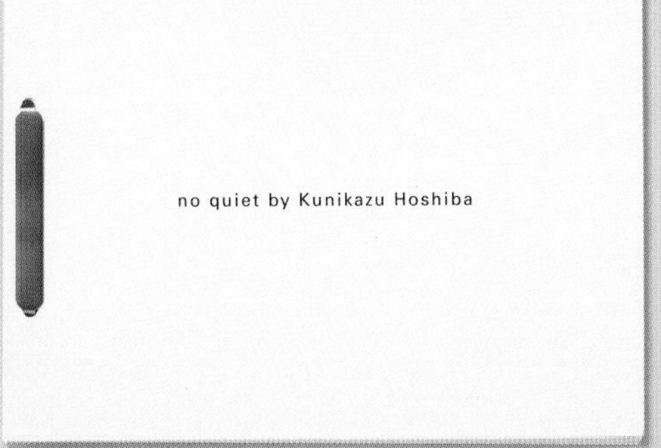

カタログ

抜け感のあるロゴやイラストで
適度な甘さと親しみやすさを訴求

cui-cui キュイキュイ

ジュエリー＆アクセサリーショップ　Jewelry & Accessories Shop

CL, S：Colors　CD：近藤大介　AD, I：金子祥子

Concept

店名の「cui-cui」は、フランス語で小鳥の鳴き声の意味。木に集まる小鳥のように、可愛くて魅力的なジュエリーやアクセサリーが集まる場所、そんなメッセージが込められている。ショップコンセプトはパリに住むアーティストのアトリエ。可愛いけれど、どこかユニーク。そんなイメージをもとにショップツールを制作。ロゴを始めツールには、デザイン性を持たせつつ、いわゆる日本的なガーリーほど甘くなく、遊び心や親しみやすさをプラス。白地を生かし、抜け感のあるイラストや手描きロゴで堅苦しさを排除。温もりを感じるような、店内の空気感を反映させた。また、ショッピングバッグにはクラフト紙にレースをあしらい、手作り感と愛らしさを訴求している。

▲ルミネ新宿店の店内。内装デザインにもショップコンセプトを反映し、アトリエのような遊び心をプラス。

リングケース

◀イラストをカードの主役に据え、ターゲットの心をつかむ。

ショップカード

アンティークな雰囲気を用い ジュエリーの世界観を具現化

Mirror by Kawi Jamele

ミラー バイ カウイジャミール

ジュエリー・アクセサリーブランド　Jewelry & Accessories Brand

CL, S：大沢商会グループ　D：加藤ミリヤ　制作：Mirror企画チームスタッフ

Concept

「Mirror by Kawi Jamele」では、アンティークジュエリーからインスパイアされたコレクションを主としている。そのため、すべてのツールにおいて、「使い古した」感じや「乾いた」イメージを重視して制作した。ジュエリーも手がけるデザイナーが提案するスケッチをベースに、メインターゲットである若い女性が直感で「可愛い」と思えるデザインを追求。シックで深みのある色使いと、女性らしいフォルムを重視しながらグラフィック化した。年齢層の幅を広げるため、やや大人向けのデザインを目指す。ジュエリーはもちろん、ショッピングバッグやボックス、その他のツールも、女性の暮らしを鮮やかに彩る大切な要素と捉え、部屋に飾ったり、持ち歩いたり、そばに置いていたいと思ってもらえることを念頭に置いた。

▲ ショッピングバッグを大きなリボンで結んだ、目を引くデザイン。アイコン的な役割を目指した。

◀ ジュエリーパッケージはボックスと巾着の2種。シリーズや価格によって使いわけている。

DM

障害者、企業、アーティストを繋げる円をテーマにデザイン

SLOW LABEL スローレーベル

雑貨販売　Miscellaneous Goods Sale

CL：スパイラル / ワコールアートセンター　CD：栗栖良依　AD, D：荻田 純
AD：古川智基　プリンティングディレクター：竹見正一　DF, S：サファリ

Concept

スローレーベルは、すべて一点モノの手作り雑貨ブランド。「スローマニュファクチャリング」をテーマに、大量生産ではできない自由な物作りを目指し、福祉作業所や企業とアーティストを繋げ、特色を生かした物作りその新しい仕組み作りに取り組む。「SLOW LABEL」の“S”の字を円で囲んだロゴマークや、ラウンド状のリーフレットは、アーティスト、障害者、企業を輪にして結ぶ意味を持っている。またすべて一点モノという雑貨のどんなテイストにもなじむように、パッケージや、タグなどのツールデザインはシンプルにロゴマークを展開させたデザインとした。

▲百貨店などに期間限定で出店。パッケージと連動したオリジナルの紙の什器も制作。

▼DM。オープン時のインビテーション用に制作したもの。

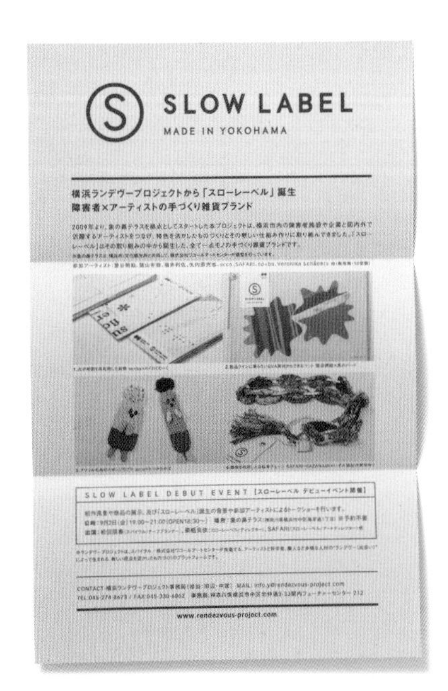

Service
サービス

色彩の明度のみを利用してデザイン 中立的な企業姿勢を示す

AND market アンドマーケット

スマートフォンの販売・サービス　Sale, Service of the Smartphone

CL：NECモバイリング　CD, D, CW：室井淳司　AD, D：服部公太郎
D：仲井一馬（空間デザイン）　P：中道 淳　DF, A, S：博報堂

Concept

「&マーケット」は、NECモバイリングが運営する、日本初のスマートフォン専門のサービスブランド。スマートフォンの販売を始め、アプリケーションの販売や会員制カスタマーセンターサービスなど、ユーザー側の視点に立ち、フラットな視点で独自のサービスを行っている。その総合的なブランディングとしてスタート。デザインコンセプトを「ニュートラル」とし、常に中立の立場でユーザーに向き合う企業姿勢を表現した。グラフィックや空間は明度のみでデザインを行い、無機質ともいえるトーン&マナーに愛着を持たせるため、WEBサイトではツイッターを利用。また、ブランドの顔として、鳥のキャラクターを制作して反映。店舗デザインには、光の表情で空間を構成する「陰翳礼讃」の考え方を取り込んだ。

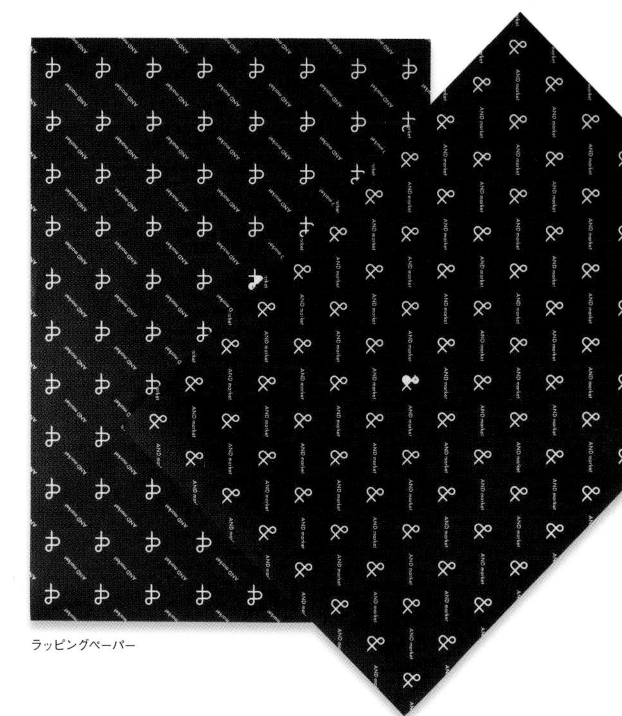

ラッピングペーパー

名刺

名刺

▽ ステーショナリー等のツールも、無彩色（明度のみ）で表現。

△ ブランドのキャラクターとして、ロゴを鳥にみたてたデザインにし、温かみを添えた。

封筒

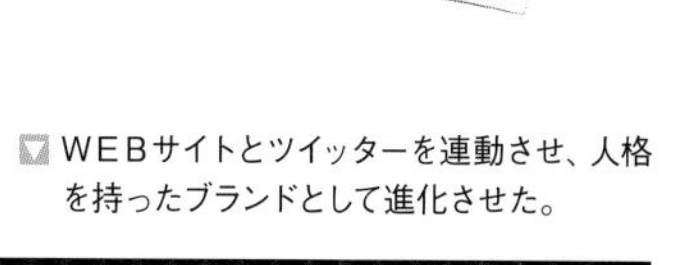

▽ WEBサイトとツイッターを連動させ、人格を持ったブランドとして進化させた。

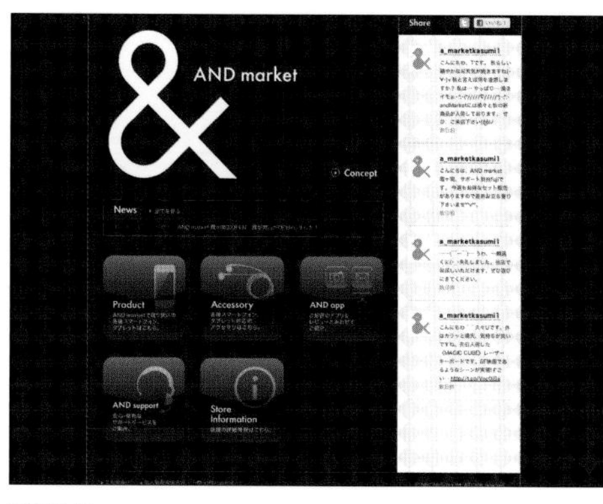

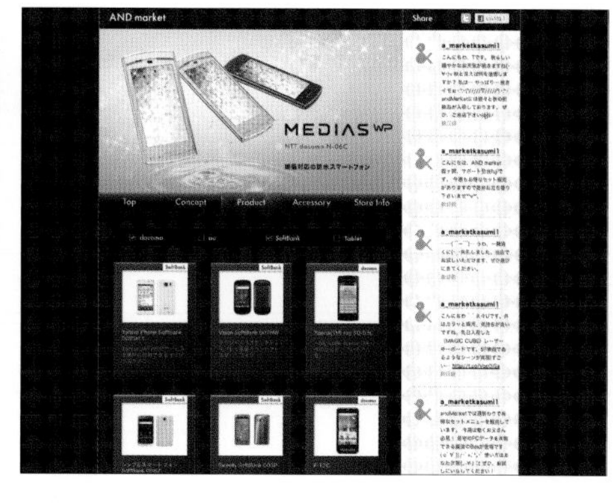

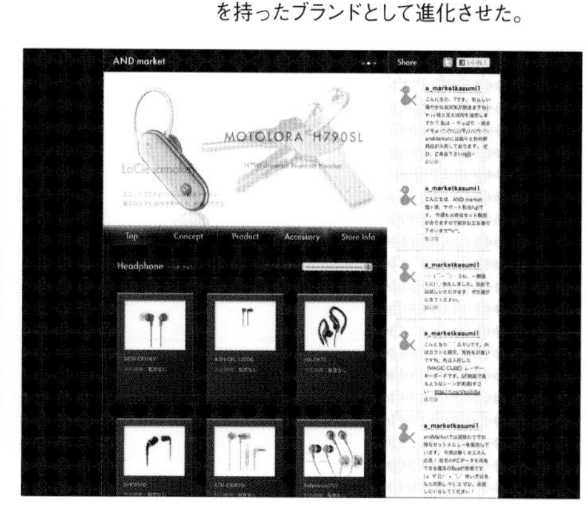

WEBサイト

Service

3色のサインポールを象徴化
美容室らしさと遊び心を狙う

サロン美容室

美容室　Hair Salon

CL：サロン美容室　CD, AD, D：松本幸二　DF, S：グランドデラックス

Concept

街の小さな美容室がクライアント。ネーミングに「サロン」と「美容室」を一緒に用い、おもしろいと感じてもらえることを図った。美容室のシンボルでもある「ハサミ」をロゴマークに採用、ブルーとグレーの2色使いにし、ノスタルジックな書体でありながらもモダンな印象に仕上げた。また、販促物には美容室をすぐにイメージさせる赤青白のサインポールをメインビジュアルに用いた。サインポールそのままの斜めのストライプの他、三重丸や四角に並べてアイコン化し、バリエーションを持たせている。さらに話題性と意外性を狙い、来客への粗品としてトイレットペーパーを制作。パッケージにサインポールのメインビジュアルを使ったことで、認知度を上げる結果となった。

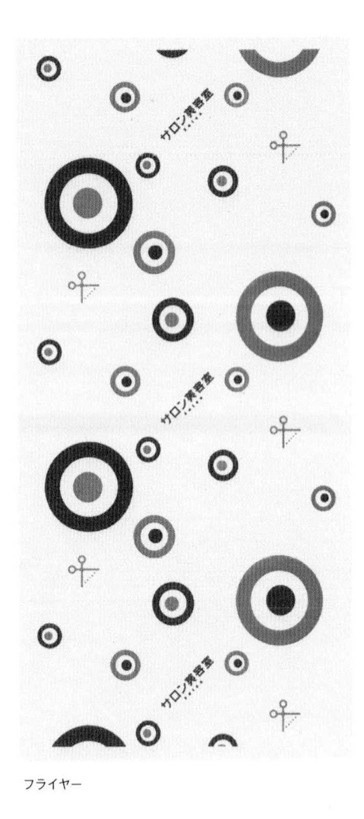

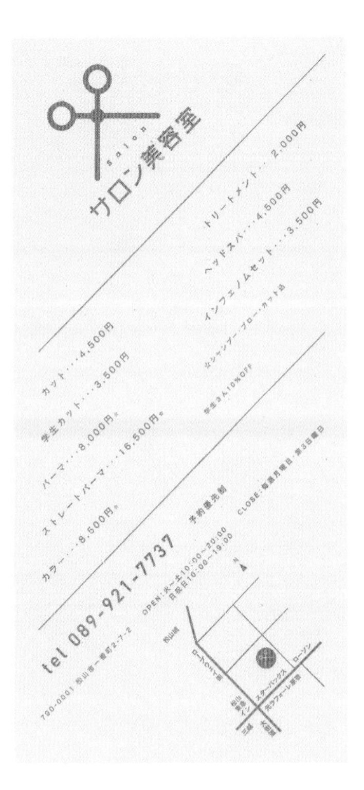

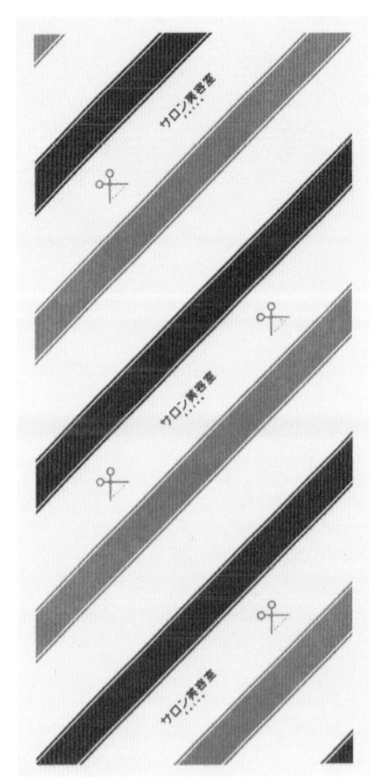

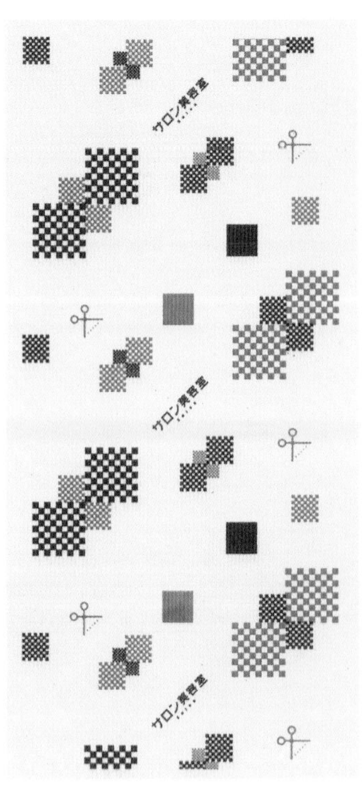

フライヤー

青赤白のトリコロールパターンのフライヤー。

ショップカード兼名刺

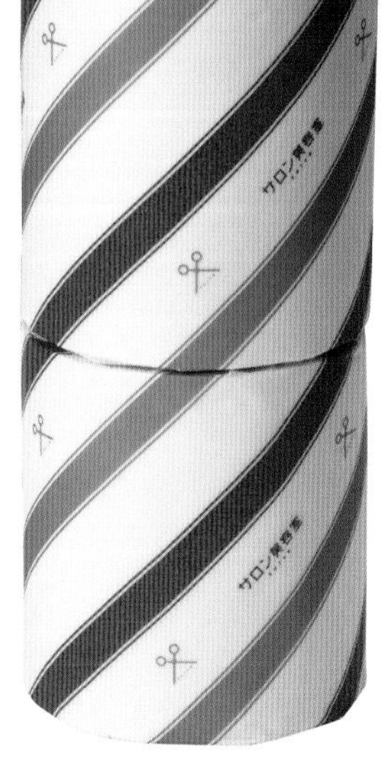
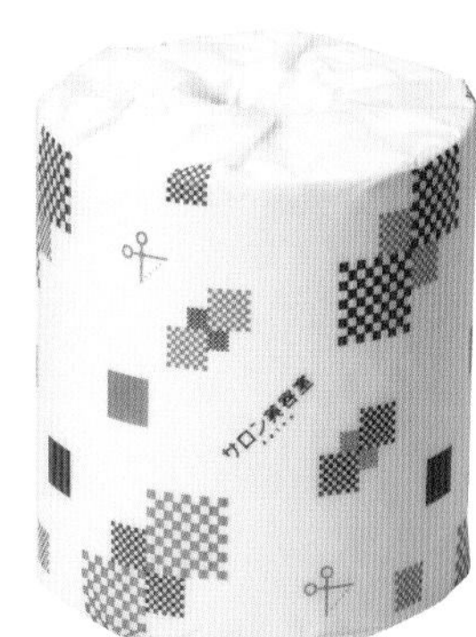

粗品トイレットペーパー

家へ持ち帰ってもらうことで、常に身近に感じてもらうしかけに。

キャラクターを開発、小児科らしい色使いでトータルデザイン

ニコこどもクリニック

クリニック　Clinic

CL, S：ニコこどもクリニック　AD：本田晶大　D：宮野康枝 / 太田陽子(プラグ)
P：三枝崎貴士　CW：中村直史　人形制作：久世温子 / 鈴木優香
人形台制作：今井祐介　美術(院内)：池田 勇(こまアート)

Concept

子ども本来の健やかな力や心をサポートし、「発達」という観点から独自の提案を行っている小児科。ロケーションである東京・二子玉川を意味し、名前からも楽しさを感じられるよう「NICO(ニコ)こどもクリニック」と命名。ブランディングにあたり、患者である子どもの気持ちを和らげることを目指して「ニちゃん」と「コくん」というキャラクターを開発。院内を「患者の友だち=ニコちゃんの家」という設定でデザインを行った。ツールから院内にいたるまで、親しみがあり、個性的かつユーモアを大切にしてデザイン化。名刺や封筒はキャラクターが動き回っているような楽しげなレイアウトに。清潔感や信頼感を損なわないよう留意し、小児科だからこそできるカラフルで可愛らしい色使いにして、トータルコーディネートを目指した。

▶ ニコこどもクリニック

ポスター

相談できて刺激になって
ちょっと楽しかったりもする

おこさまの成長・発達を
ともに見守る
そんなみんなのためになる
クリニックです

www.nicoco.jp

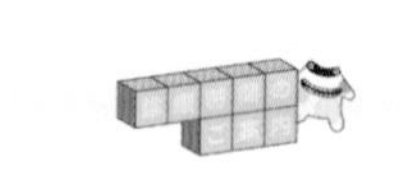

	月	火	水	木	金	土
9:00 ~ 12:30	○	○	○	○	○	○
14:00 ~ 15:00	☆	☆	☆	☆	☆	☆
15:30 ~ 18:30	○	○	○	○	○	−

○…一般診療　日曜、祝日定休
☆…乳幼児健診・予防接種

乳幼児健診
6～7ヵ月健診、9～10ヵ月健診、1歳6ヵ月健診
（世田谷区は公費負担：無料）
ご希望に応じて2歳・3歳・4歳・5歳健診も行っております。

定期予防接種
ジフテリア・百日咳・破傷風三種混合（DPT）、
ジフテリア・破傷風混合（DT）、麻疹風疹混合（MR）、
日本脳炎

任意予防接種
おたふく、水痘、インフルエンザワクチン、Hib（ヒブ）、
肺炎球菌、子宮頸がんワクチン、B型肝炎ワクチン

名前を口に出しただけで、
ちょっと楽しくなるような病院。
ニコタマに生まれた、
NICO（ニコ）こどもクリニックには
そんな想いがこめられています。
でも、それだけではありません。

N は Nature の N。
こどもたちが元来もっている、病気に負けない力、
すこやかな心をサポートしていきます。
I は Individual の I。
こどもたち一人ひとりの個性を見つめ、
伸ばしていきたいと思います。
C は Cheerful の C。
こどもたちが、明るく、
元気でいられるための身近な場所でありつづけます。
O は Originality の O。
お子さまの「発達」という観点から、
独自の提案も行っていきます。

ニコタマに生まれたこの場所から、
たくさんの笑顔が生まれますように。

診察券

名刺

	月	火	水	木	金	土
9:00 ~ 12:30	○	○	○	○	○	○
14:00 ~ 15:00	☆	☆	☆	☆	☆	☆
15:30 ~ 18:30	○	○	○	○	○	−

○…一般診療　日曜、祝日定休
☆…乳幼児健診・予防接種

乳幼児健診
6～7ヵ月健診、9～10ヵ月健診、1歳6ヵ月健診
（世田谷区は公費負担：無料）
ご希望に応じて2歳・3歳・4歳・5歳健診も行っております。

定期予防接種
ジフテリア・百日咳・破傷風三種混合（DPT）、
ジフテリア・破傷風混合（DT）、麻疹風疹混合（MR）、
日本脳炎

任意予防接種
おたふく、水痘、インフルエンザワクチン、Hib（ヒブ）、
肺炎球菌、子宮頸がんワクチン、B型肝炎ワクチン

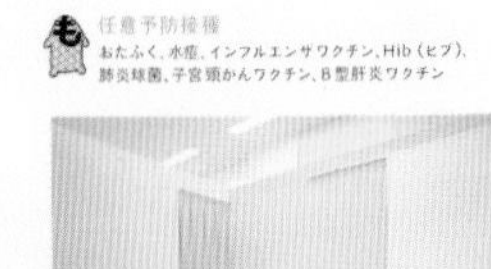

一般外来とは別枠のお時間を設け、専門の医師、
看護師、臨床心理士、作業療法士が担当致します。
最初に一般診療をお受けいただき、
専門外来の予約をお取りします。
2回目以降の専門外来のご予約は、クリニックの受付
またはお電話 03-6431-0205 で承ります。
曜日や詳細な診療内容につきましては
直接窓口にてご相談下さい。

- アレルギー相談外来
- 発達相談外来
- 小児神経外来
- 知育外来
- てくてく（足底板）外来
- 心理カウンセリング
- のびのび（運動発達支援プログラム）外来
- イルカセラピー
- 重症児支援事業（日中のお預かりサービス）

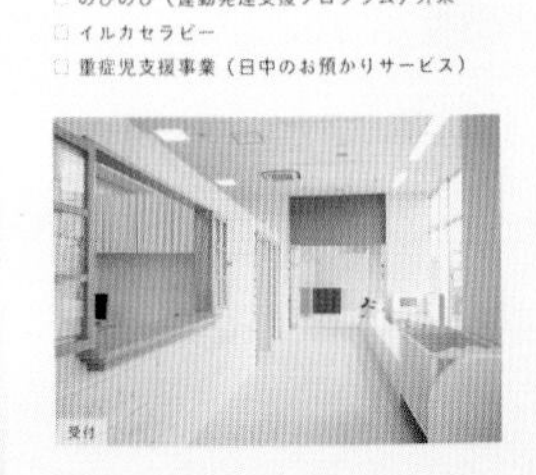

病児保育室とは、子育て支援の一環として、
お子様が病気でご家族がみられない時に
お預かりをする施設です。
「ニコのおうち」では病気の時のお子様とご家族を
優しく包み込む保育を目指しております。

開園時間
月曜～金曜：午前8時～午後6時／土日祝日：休園

対象のお子様　生後5ヶ月～小学3年生

予約方法
利用日前日の午前10時～午後6時
（月曜日利用の場合は前日の朝8時～）に、
ニコのおうち 03-6431-0215 にお電話でご予約下さい。
当日空きある場合には当日の予約も午前8時から可能です。

保育料　2,000円／時間

ニコのおうちを利用する際は、必ず前日か当日朝にニコこども
クリニックの受診が必要となります。

リーフレット

「ニコが住んでいる家に遊びにいく」というテーマを訴求。白地を生かし、キャラクターを引き立てた。

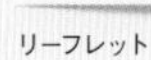

おいでよ

封筒

名刺や封筒のデザインではニコちゃんたちの元気な姿を表現したく、遊んでいるよう動きをつけて配置した。

マグネット

封筒

爽やかなトリコロールカラーで フレンチを印象づける

A Table! アターブル！

料理教室　Cooking Class

CL：A table！ AD：徳田祐司 D：山崎万梨子 DF, S：カナリア

Concept

みんなで一緒に楽しめる料理の世界を提案する「A table!」。もっと気軽にホームパーティを楽しめるように、招いたお客さまと一緒に料理を作れるような簡単でおいしいフランスのビストロ料理を教える教室。トリコロールカラーをロゴデザインに取り入れ、フランス料理の教室というだけではなく、オーナーがこだわり、教室名が示す"みんなでテーブルに集まって"というコンセプトを異なる色が交わるデザインで表現。かわいらしいチェックのロゴデザインを、フラッグを始め、レシピカードやバインダーにも展開して統一感を出し、ここに通う事が楽しくなるように工夫した。

△ レシピノート。裏面にレシピを印刷するためのノートで、フランス料理の調理器具をクラシカルに描いた。

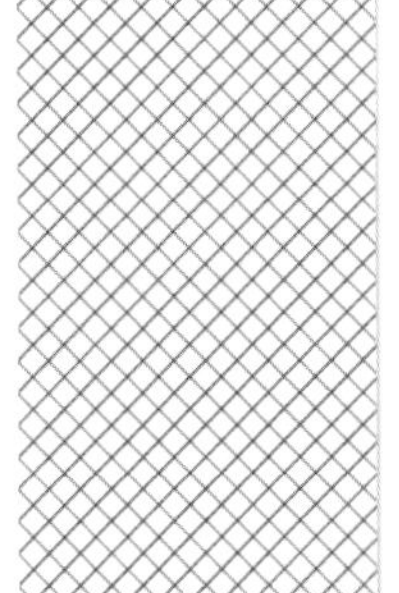

名刺

ポストカード

フラッグ

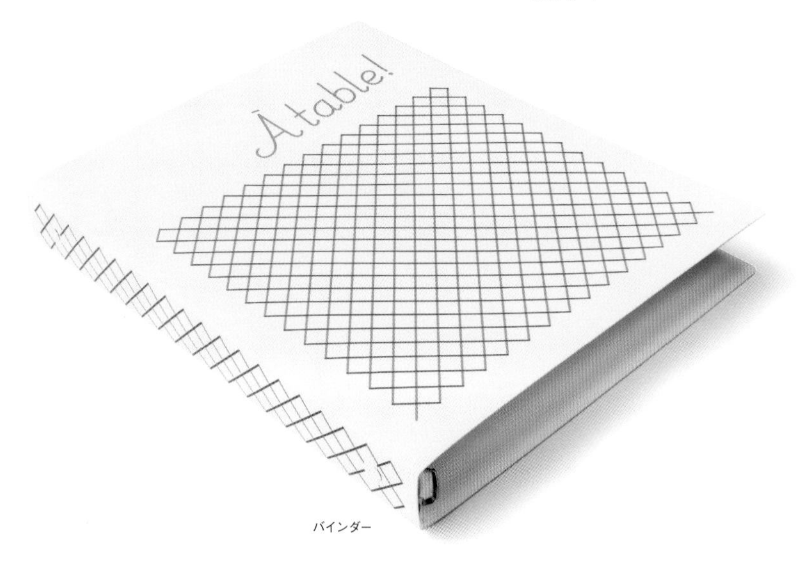

バインダー

▼ロゴデザイン同様、赤、青、白の3色だけで展開。白地を多くとることですっきりと上品な印象に仕上げた。

WEB

宇宙空間をイメージした内装に合わせたイラストでツール作成

SLOW スロウ

美容室　Hair Salon

CL：オプション　CD, A, S：セイファート　AD, D：佐藤匡臣（seyfert）
I：Murgraph　アカウント・エグゼクティブ：都丸真理子（seyfert）

Concept

出店エリアでの認知訴求と、サロンコンセプトでもある「喜びの提供・遊び心」を追求するためのキャンペーンツール。店内が宇宙空間をイメージした内装だったため、制作物のデザインテーマも「スペースエイジ」とした。ロゴに使用しているキーカラーの蛍光に近いグリーンを用いて、宇宙的な統一感を表現することが課題だった。その課題を達成するため、メインビジュアルには内装のイメージを生かしたイラストを採用することに。宇宙的な雰囲気は崩さず、花や鳥で動きや華やかさをプラス。女性のイラストをあえてアート的に表現し、それに似合ったデザインをほどこすことで強い印象を与え、長く手元に残してもらえるよう考慮。5種のカード類は、統一感を出しつつ差別化を図るために、同じイラストを使用し、遊び心も演出した。

ビジュアルイメージの一部を全面に敷き、インパクトのある、個性的なショップカードを目指した。

ペーパーカップ

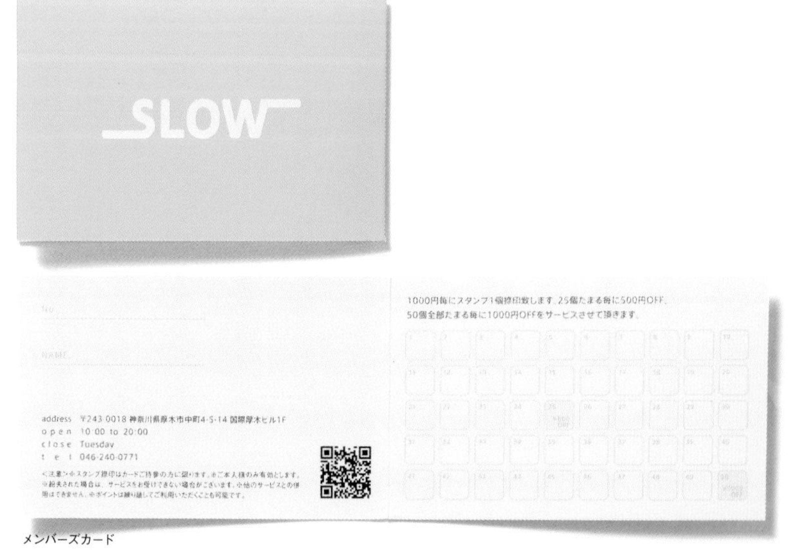

メンバーズカード

チラシ

ノベルティ

▲ キーカラーを用い、ロゴを入れたバスエッセンスを配布。

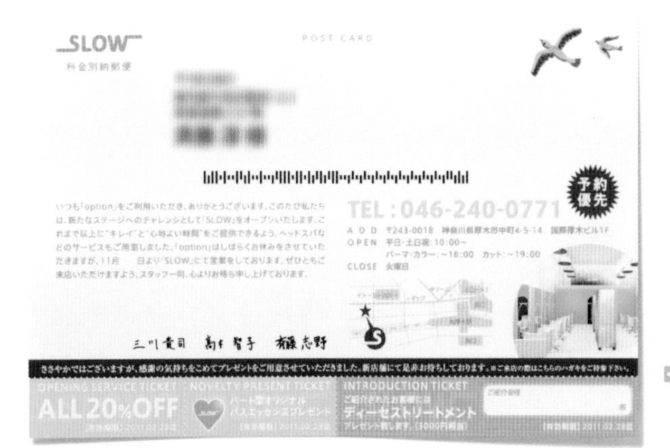

DM

◀ オープン告知DMにサービスチケットを入れるなど、誘致の工夫も。

ご優待カード

メッセージカード

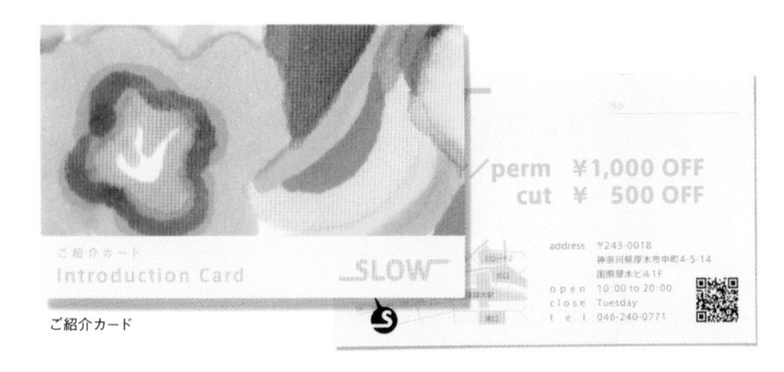

ご紹介カード

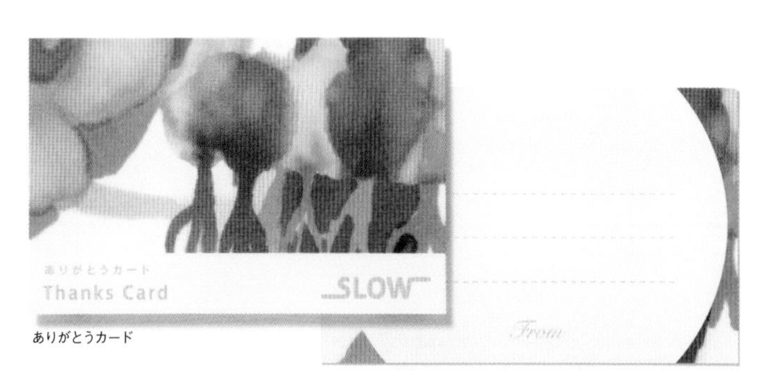

ありがとうカード

Service

手に取り、ずっと保管したくなる質の高い販促ツールを作成

花田ピアノ教室

ピアノ教室　Piano Class

CL：花田ピアノ教室　CD, AD, D：松本幸二　DF, S：グランドデラックス

Concept

4歳から中高生、大人まで幅広くレッスンを受け付けている「花田ピアノ教室」。ひとりひとりのレベルに合わせて、基礎から丁寧に教えることをモットーとしている。ロゴマークはネーミングから取った「花」をモチーフにし、細い明朝体で女性的な柔らかさを出した。リーフレットやポスタービジュアルには、白黒のピアノの鍵盤を採用し、「HANADA PIANO」のタイポグラフィーをロゴと一緒に配置。また口コミを狙い、販促ツールは手に取ったときに喜ばれることや、持ち帰ってずっと保管してもらえるような質の高さを訴求。リーフレットを二つ折りにしてトレーシングペーパーの袋に入れ、ミシンで綴じて特別感を演出している。

ポスター

ポスターのロゴは「花田ピアノ」の英字をピアノと組み合わせて、タイポグラフィー化。

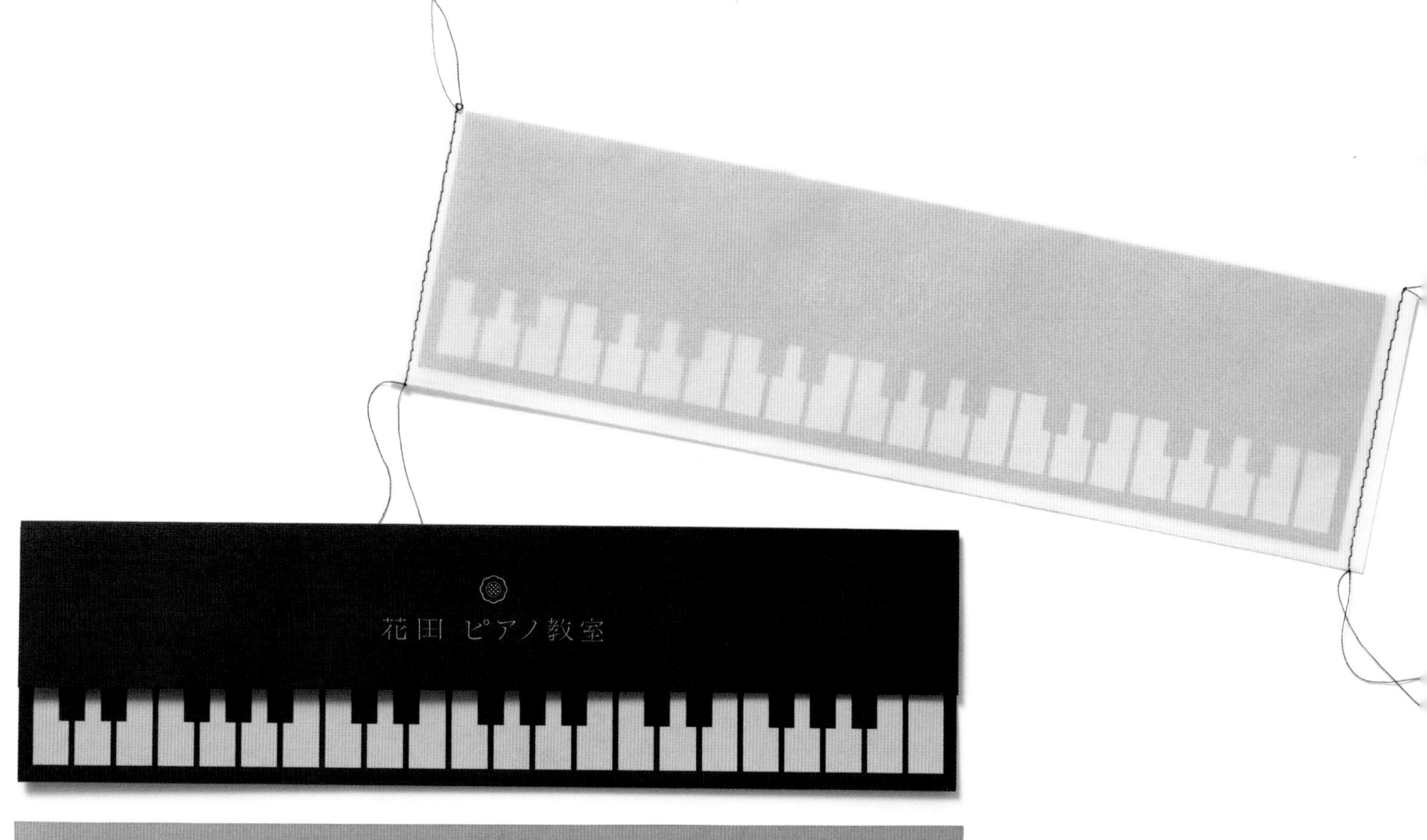

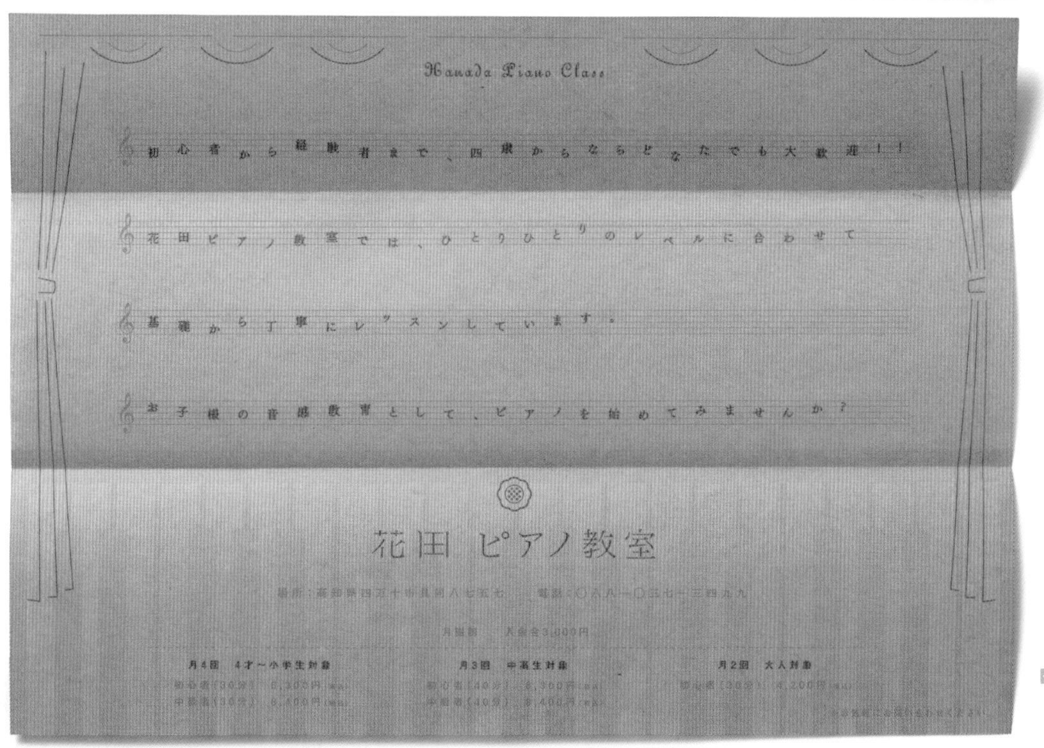

リーフレット

ひと目でピアノ教室と認識でき、また楽しさを感じてもらうため、インパクトがあるリーフレットを実現。

フライヤー

教室のモットーをより身近に、親しみやすく感じてもらうよう、音符で楽しげに表現。

清潔感とメジャー感を重視して ヘアサロンのイメージを伝える

Noz ノズ

美容室、ヘアケア商品販売　Hair Salon, Hair Care Product Sale

CL：Noz, キノシタ・マネージメント　プロデューサー、CW：武部由美子（キノシタ・マネージメント）
AD, D, S：柳川敬介（Handsome inc.）

Concept

人気のヘアメイクデザイナー、野沢道生氏が代表を務めるヘアプロデュース「Noz」が発信するショップグッズ＆ヘアケアプロダクトのブランディング。今後、世界展開も予定しているヘアサロンということで、全体的に清潔感の中にも強さとメジャー感を失わないよう考慮しながらデザインを行った。パッケージは白を基調にして、ロゴや用途を簡潔にレイアウト。3種の香りのバリエーションを赤・オレンジ・青で表現。清潔感を大切にしつつ、色で認識できることを優先的に考えた。また、ショッピングバッグは白地に黒でロゴを入れ、削ぎ落とされたデザイン性の力強さをプラス。「Noz」が持つクリエイティブな側面を表している。メンバーズカードは白・シルバー・ゴールドで展開。

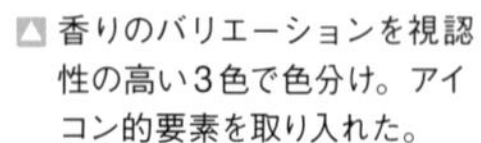
△ 香りのバリエーションを視認性の高い3色で色分け。アイコン的要素を取り入れた。

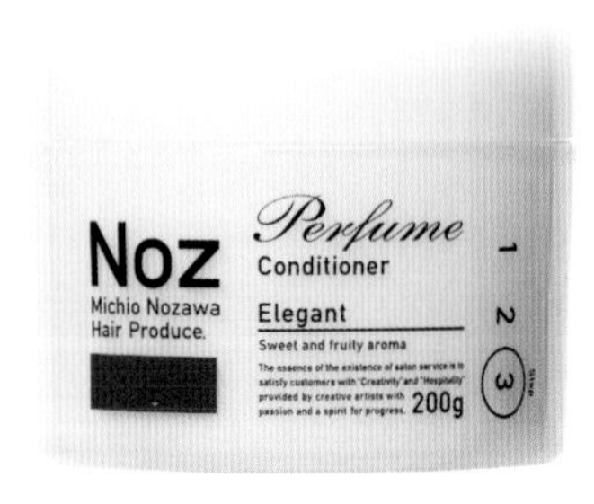

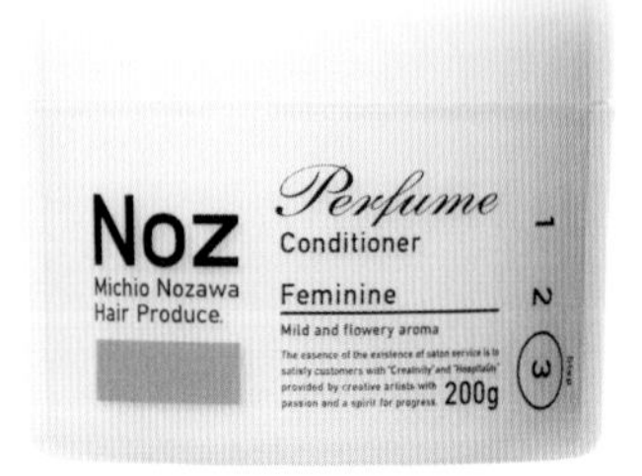

メンバーズカード

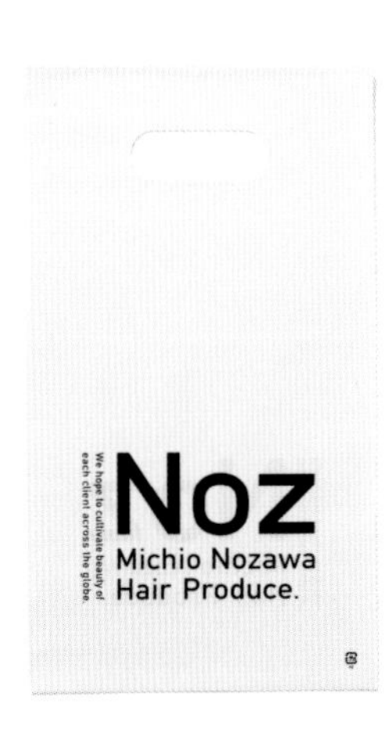

Index
インデックス

Submittors

作品提供者（社）

Cliant

クライアント

ショップ&ブランドの 売るためのツール戦略とデザイン

2011年12月7日　初版第1刷発行

Cover Design	大島依提亜
Art Direction	柴 亜季子
	松村大輔
Designer	公平恵美
Photographers	藤本邦治 / 藤牧徹也
Writer	鈴木久美子 / 守屋かおる
Editor	高橋かおる

発行元:パイ インターナショナル
〒170-0005　東京都豊島区南大塚 2-32-4
TEL 03-3944-3981　FAX 03-5395-4830
sales@pie.co.jp

印刷・製本:図書印刷株式会社
制作協力:PIE BOOKS

ISBN978-4-7562-4163-4 C3070
Printed in Japan

内容に関するお問い合わせは下記までご連絡ください。
PIE BOOKS　TEL:03-5395-4819

Eye-Catching Graphics
費用 vs 効果の高い しかけのあるデザイン

Pages: 192 (Full in Color) ¥9,800 + Tax

4070

「しかけ」は楽しそうだし興味はあるけれど、お金がかかりそう！ そんなイメージではないでしょうか。本書では、加工の有無、対象物の形態やその大小を問わず、視点や表現方法の面白さにスポットをあてています。秀逸なアイデアを生み出す鍵は、潤沢な予算ではなく、ちょっとした発想の転換や消費者への思いやりなど意外なところにあるようです。そんな見落とされがちなヒントが満載の1冊。

When designing eye-catching work, expensive special effects are not always necessary. Basic techniques on a low budget can be applied to great effect. This book presents useful and cool ideas in graphic design, photo direction, printing and post-printing techniques for various graphics which are eye-catching and yet cost effective.
The works include the direct mails, brochures, pamphlet advertising posters and more. You can pick up an idea from this book and apply it to your next assignment!

More Graphic Simplicity
More シンプルスタイル

Pages: 192 (Full in Color) ¥9,800 + Tax

4076

写真・文字・スペース・素材を活かしたシンプルなデザインには、普遍的な美しさがあります。多彩な色使いを駆使しながらもシンプルに、個性的な書体や写真を大胆に用いてもシンプルに感じる作品は、作り手が真の美しさを追求して生まれてきたもの。本書は、国内外から幅広いアイテムを厳選して収録。美しいデザインのインスピレーションがたくさんつまった、クリエイター必携の1冊です。

Concisely designed advertising that reflects a clear understanding of what elements are necessary and what elements are not, that conveys the concepts behind a product at a single glance, is extremely effective for the visual communication that takes place between the designer and the viewer. Combinations of symbolic photographs, impressive typography and colors, along with their placements within graphic space, bring to life myriad forms of simplicity

PR Magazine & Newsletter Graphics
ニュー PR誌・広報誌グラフィックス

Pages: 216 (Full color) ¥12,000 + Tax

4056

コミュニケーションツールとして企業・団体・地方自治体・店舗で発行されている広報誌は、組織の内外に向けて情報を発信する重要なツールです。製品・企業の姿勢を伝えるPR誌・広報誌、フリーペーパー・社内報の優れたデザインを特集します。

PR magazine is one of the most important tools to transmit the information to within/without the organization. Recently, we find not only a booklet format but also a tabloid format which is easy to be published. This book features the great design samples of PR magazines and newsletters, categorized by industries.

School and Facility Catalog Designs
人を集める！引きよせる！学校・施設案内のデザイン

Pages: 224 (Full in Color) 14,000 + Tax

4119

学校・施設案内は、それぞれの強みや特色をアピールし、ターゲットの心を掴むための重要なツールです。本書では、学校・宿泊・ウエディング・医療・介護などのカテゴリー別に、優れたデザインで効果的に人を集める施設案内を一堂に紹介します。集客のために仕掛けた関連ツールなども併せて掲載し、「ターゲットを引きつけるデザイン」を分かりやすく伝える1冊です。

This book features catalogs and pamphlets for various schools; universities, colleges, junior high/high schools, vocational schools, kindergartens/elementary schools, and facilities; wedding halls, hotels and spas, medical and nursing-care facilities. Also promotional tools such as event advertising and the novelty pamphlets are also showcased, which help you to understand how these designs succeed in attracting their target.

Grab Attention! Flyer Designs 365 Days
売れる！魅せる！チラシ365DAYS

Pages: 256ページ (Full Color) ¥12,000 + Tax

1224

新聞購読者の約9割が目を通すという折込チラシ。広告不況の中でも、商品の"売り"にフォーカスしたデザインで、狙った顧客へダイレクトに響くチラシの強さが、いま見直されています。本書では東京・大阪で配布されたチラシの中から、ターゲットに響くデザイン性に優れた作品を業種別に紹介。顧客獲得に成功するチラシの色使い、レイアウトの傾向を効率的に俯瞰できる1冊です。

The newspaper insert flyers are still one of the strong advertisements even though the internet advertising has grown in recent days. This book features tons of the examples of the insert flyers that use the colors effectively or well layouted.

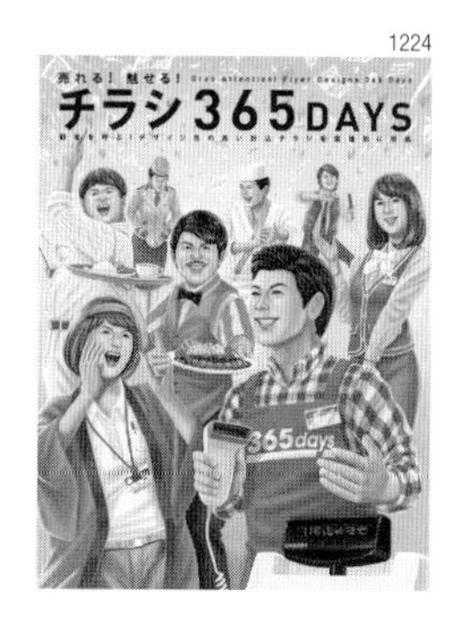

情報満載のパンフレットデザイン

Pages: 192 (Full Color) ¥9,800 + Tax

1259

低予算で商品やサービスの機能を確実に伝えられるパンフレットやチラシは、魅力的な広告媒体のひとつです。本書では、伝えるべき様々な情報を限られた誌面の中で整理し、読みやすくなるように工夫されたパンフレット・チラシをご紹介します。いま求められている情報の伝え方、デザインのあり方がわかる1冊です。

※ This title is available only in Japan.

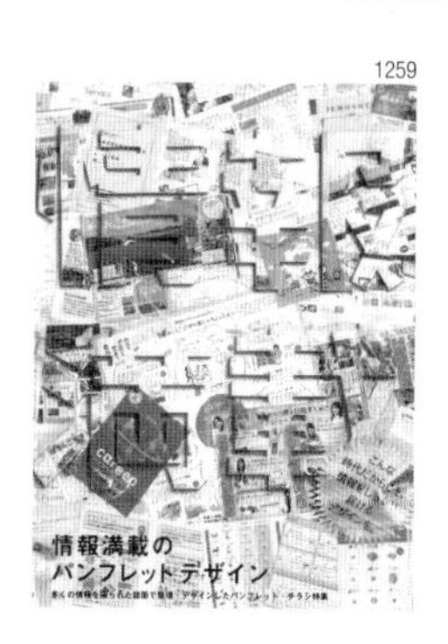

ポートフォリオ・クリエイション 自分を売り込むプレゼンの成功例

Pages: 128 (Full Color) ¥2,800 + Tax

4072

デザイナー・イラストレーター・フォトグラファーなど、クリエイティブ分野で働く上で欠かせないのがポートフォリオ。就職活動はもちろん、フリーランスやクライアントの新規開拓など、目指す仕事やポジションを獲得する可能性を広げてくれます。本書では、国内外で活躍するクリエイターたちのブックやウェブのポートフォリオを多数紹介。また、魅力的に仕上げるポイントや素材などの情報も併せて掲載します。クリエイターの活躍の幅を広げる必携の1冊です。

※ This title is available only in Japan.

デザイナーのための著作権ガイド

Pages: 208 (128 in color) ¥5,800 + Tax

1104

例えばQ. 竹久夢二のイラストを広告のビジュアルとして使ってもいいのか？Q. 自分で撮影した六本木ヒルズの外観写真を雑誌広告として許可なく使えるのか？→答えはすべてYESです。※但し、個別のケースによっては、制限や注意事項があります。詳しくは本書籍をご覧ください。クリエイティブな仕事に携わる人が、知っておけば必ず役に立ち、知らなかったために損をする著作権をはじめとした法律や決まりごとがQ&Aですっきりわかります。

※ This title is available only in Japan.

装飾活字

アンティークフレーム＆パーツ素材集（CD-ROM 付）

Page: 128 (Full Color)　¥3,500 + Tax

1185

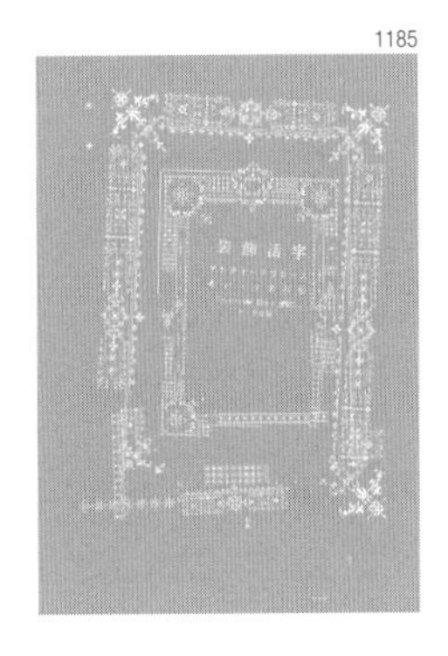

装飾活字とは、活版印刷時代に作られた草花の図案を象った活字のことで、古くは15世紀から、ヨーロッパの書物や印刷物を美しく彩ってきました。はんこのような活字を1つ1つ組み合わせて印刷するという当時の印刷技術の特徴から、上下左右のどの組み合わせで組んでも美しいデザインになるように作られています。この特性をそのまま生かし、高品質なデジタル素材としてデータ化しました。今までにないクオリティを実現し、プロ・アマチュアを問わず、幅広いニーズに応えます。

※ This title is available only in Japan.

Paper & Cloth: Ready-to-Use Background Patterns (with DVD)

紙・布・テクスチャー素材集　DVD-ROM 素材集

Page: 128 (Full Color)　¥2,800 + Tax

1226

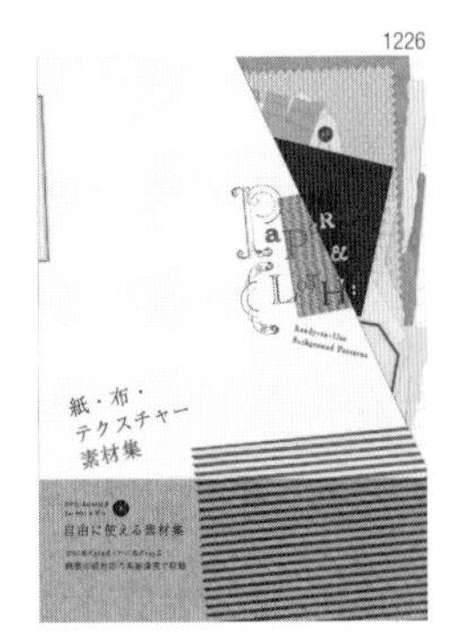

デザインをするときに意外に必要なのが、背景に敷いたり、見出しに使ったりする、紙や布などのテクスチャー素材。あったらとても便利だけれど、自分でスキャンして作るのは面倒くさい…。そんなニーズに応えた待望のデジタル素材集です。シンプルだけれど、雰囲気のよい「使える」素材を豊富なバリエーションで収録しました。

This is a resource book including more than 300 materials of paper and cloths patterns, which will be usefully used for the design of background. All data is on attached DVD-ROM with JPEG and PNG image. The included materials such as paper, cloth, tape, and label are very simple and casual in good taste that designers can arrange them variously into their design works. Some examples of using these materials will be also shown so that the designers can get the inspiration for their creative works.

キャッチコピーの表現別 グラフィックス

Pages: 400 (356 in Color)　¥3,800 + Tax

4053

本書では、ターゲットが共感しやすい「キャッチコピー」の表現テクニックを、実際の広告グラフィックとともに紹介していきます。商品を使うときの気持ちを表した「顧客目線型」や、言葉遊び・駄洒落のような「ユーモア型」など、キャッチコピーの種類にフォーカスした新しいグラフィック作品集です。

※ This title is available only in Japan.

キャッチコピー・タイトルのレイアウトくふう別グラフィックス

Pages: 400 (352 in Color)　¥3,800 + Tax

4095

文字を誌面からはみ出させたり、文字組に変化をつけたり、色を変えたり・・・。キャッチコピーやタイトルにちょっとした工夫をほどこすだけで、デザインのインパクトは劇的に変わります。本書では、そんなターゲットの目を惹きつける文字のレイアウトテクニックを種類別に紹介していきます。

※ This title is available only in Japan.

イメージ別 レイアウトスタイルシリーズ ガーリー＆キュート編

Pages: 120 (112 in Color)　¥2,800 + Tax

4063

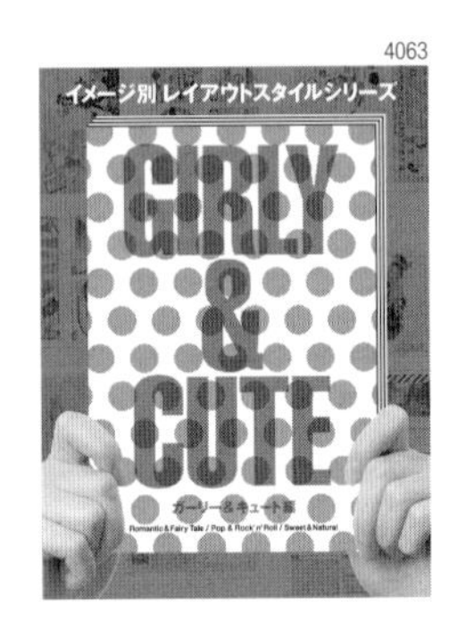

消費者の心を掴むには、ターゲットにあったレイアウトの戦略が必須です。本書は、女性をメインターゲットとする雑誌やカタログ・PR誌・フリーペーパーの中から、キャッチーな文字組や配色、イラストや写真の使い方など、効果的なレイアウトのポイントを読み解きながら紹介します。ターゲットに響くデザインのセオリーを掴む、デザイナー必携の1冊です。

※ This title is available only in Japan.

イメージ別 レイアウトスタイルシリーズ クール＆スタイリッシュ編

Pages: 120 (112 in Color)　¥2,800 + Tax

4064

目指すターゲットの心を掴むには、イメージを明確に伝えるレイアウトの戦略が必須です。本シリーズでは、ターゲットにあわせたエディトリアルデザインをスタイル別に紹介していきます。第一弾は女性をメインターゲットとしたガーリー＆キュート」編と男性や高級志向の客層をターゲットにした上質なデザインの「クール＆スタイリッシュ」編を同時発売。どのようなイメージでレイアウトをするのが最も効果的か、様々な媒体のレイアウトから読み解きます。エディトリアルデザイナー必携の1冊です。

※ This title is available only in Japan.

Lynn